조선의 청백리 이영 선생

국역 괘편당실기 國譯掛鞭堂實記

조선의 청백리
이영 선생

국역 괘편당실기 國譯掛鞭堂實記

옮긴이 | 구본욱

2쇄발행 | 2016년 8월 25일

펴낸곳 | 도서출판 학이사
출판등록 | 제25100-2005-28호

대구광역시 달서구 문화회관11안길 22-1(장동)
전화 _ (053) 554-3431, 3432   팩시밀리 _ (053) 554-3433
홈페이지 _ http://www.학이사.kr
이메일 _ hes3431@naver.com

ISBN _ 979-11-5854-021-0 93810

조선의 청백리
이영 선생

국역괘편당실기國譯掛鞭堂實記

■ 괘편당 이영李榮 선생 묘소 – 대구광역시 동구 내동

■ 선현 현양비 전면 – 대구광역시 동구 미대동

■ 선현 현양비 후면

■ 미곡동 표석

■ 대구 입향조(휘諱 보관甫款) 부사공 묘소 – 대구광역시 동구 지묘동

조선의 청백리
이영 선생

■ 별좌공(휘諱 화華) 묘소 – 대구광역시 동구 지묘동

■ 육한공(휘諱 영희永喜) 묘소 – 대구광역시 동구 용수동

조선의 청백리 이영 선생

조선의 청백리 이영 선생

국역 괘편당실기國譯掛鞭堂實紀

발 간 사

우리 가문에 청사에 빛날 청백리이신 괘편당(掛鞭堂, 諱 榮)과 같은 선조가 계신다는 것은 자랑스러운 일이다. 그러나 우리는 괘편당에 대해서 잘 알지 못하고 있을 뿐만 아니라 공(公)의 청백리 정신도 잘 선양(宣揚)하지 못하고 있는데 후손으로서 부끄러운 일이다.

우리가 괘편당에 대해 아는 것이라고는 병조참판을 지내셨고 청백리로 선임되셨다는 정도이다. 또 한 가지 알고 있는 이야기로는 괘편당이라는 아호(雅號)에 관한 것이다. 공께서 제주목사를 마치고 돌아오실 때 행장(行裝) 속에 평소 사용하시던 말채찍이 들어 있는 것을 보시고 이것도 관급품이라고 하시고 관아 동각(東閣)의 벽에 걸어두고 돌아오시니, 이에 감탄한 제주 백성들이 공의 청렴을 기리기 위하여 매월 초하룻날 이곳에서 참배하였다고 한다.

그 후 채찍의 색이 바래자 다시 색깔을 칠하고 고운 비단으로 싸서 걸어두고 참배하였다고 한다. 그래서 그 집의 당호(堂號)를 '말채찍을 걸어둔 집'이라 하여 괘편당(掛鞭堂)이라 이름 하였다. 공의 아호(雅號) 괘편당(掛鞭堂)은 이렇게 해서 지어진 것이라고 한다.

괘편당 실기(實紀)가 있다는 소문은 들었어도 어디에 누가 가지고 있는지 잘 모르고 있었다. 이는 일제 강점기와 6·25 전란 등 혼란기와 후손들의 무관심 탓이라고 생각된다. 대구향교(大邱鄕校) 장의(掌

議)이신 윤구(輪九, 28世孫) 종친께서 같은 향교 장의이시며 대구가
톨릭대학교 협력교수이신 구본욱(具本旭) 박사께서 『괘편당실기』를
가지고 계신 것을 알게 되었다. 이 실기는 영양군(永陽君) 17세손 영
희(永喜, 號 六恨)공께서 찬술(撰述)한 행록과 후대의 여러 현인들이
기술한 자료를 영양군 25세손 상두(相斗)공께서 외예손(外裔孫) 곽종
철(郭鍾澈, 苞山人) 등 여러 외예손가(外裔孫家)와 협의하여 1932년
(壬申) 4월에 간행하였다.

2013년부터 저와 윤구(輪九), 찬재(燦載, 27세손) 종친이 수차례
구본욱 박사를 찾아가서 이 실기의 국역을 부탁드렸다. 그런데 번역
에 있어서 자료의 수집과 고증 등이 여의치 않고 출판에 따른 경비문
제가 있어서 발행이 지연되어 오던 차에 서울특별시 시의회 의장과
제17대 국회의원을 역임하신 성구(聲九, 28세손) 종친이 경비를 지
원해주시기로 해서 번역 출판에 박차를 가하게 되었다.

일찍이 명종 임금께서 괘편당의 청렴결백함은 '해와 달과 그 빛을
다툴 만하다'고 찬미하셨으며, 의복을 하사하고 청백리로 선임하셨
다. 일월(日月)과 빛을 다투는 절개요, 청풍이 눈[雪]을 쓰는 지조의
인물이시니 누대에 걸쳐 칭송하고 본받음이 당연한 일이다.

후손으로서 이렇게 훌륭한 선조의 실기를 그대로 방치해두고 있음

을 부끄럽게 생각하여, 만시지탄이나 이제 번역 출판하여 우리 후손
들은 물론 주변의 많은 분들께 알리어 밝은 미래를 위한 정신적 귀감
이 되도록 했으면 하는 바람이다. 끝으로 이 책 출판을 위해 힘써 주
신 많은 분들께 감사드리며 특히 실기를 번역해 주신 구본욱 박사님
께 심심한 감사를 드린다.

2016년 병신(丙申) 정월(正月)

영천 이씨 부사공파(공산문중)
종친회 회장 영양군 27세손 길준(吉準) 근서(謹序)

차 례

괘편당실기 목록(掛鞭堂實紀 目錄)

권 3

부록

掛鞭堂世系圖

世	諱	記事
一世	大榮	高麗神虎衛大將軍封永陽君
二世	得芬	典工判書
三世	支卿	保勝護軍
四世	松賢	版圖判書
五世	洽	版圖判書
六世	釋之	號南谷 李稼亭門人 實文閣大提學 當時偽朝致仕時 年五十歸
七世	玄寶	副司直
八世	甫歆	英廟贈吏曹判書 壯公被禍避居大邱 以伯兄丁忠 景泰
九世	啓陽	贈左承旨
十世	潤根	折衝將軍 贈兵曹參判

일세	이세	삼세	사세	오세
대영	득분	문경	송현	흡
고려신호 위대장군 봉영양군	전공판서	보승호군	판도판서	판도판서

육세	칠세	팔세	구세	십세
석지	현실	보관	계양	윤근
호남곡이 가정문인 보문각대 제학당위 조치사시 년오십귀	부사직	경태정축 이백형충 장공피화 피거대구 영묘증이조 판서	증좌승지	절충장군 증병조참판

19

龍仁南谷
至我朝
累徵不起

十一世

順孫
贈吏曹參判
配貞夫人
月城崔氏
參軍瀚女
有二子
華榮

十二世

榮
即先生字
顯父

杜文
奉祀
外孫郭涌
案
佐郎无嗣
聞韶入監

十三世

女金宇容

女鄭汝諧
東萊人

女郭再謙
玄風八護
軍有子涌生員

杜章 无嗣

女李春長

용인남곡
지아조
누징블기
십일세
증이조참판
순손
배정부인
월성최씨
참군한녀
유이자영
화

십이세
영
즉선생자
현보

십삼세
두문
좌랑무사
외손곽용
봉축

여김우용
문소인감
찰
여정여해
동래인
여곽재겸
현풍인호
군유자용 생원
여이춘장
두장 무사

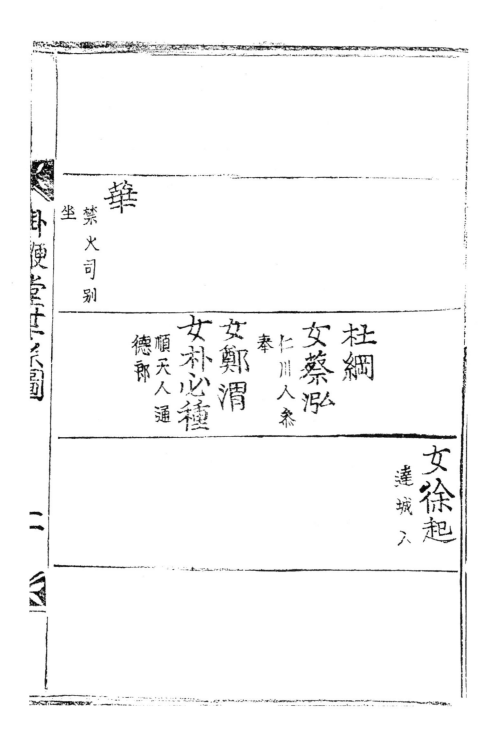

華
坐
禁火司別

杜綱

女蔡泓
仁川人系

奉

女鄭渭

女朴必種
順天人通
德郎

女徐起
達城人

화

좌 금화사별

두강
여채홍
인천인

여정위
참봉

여박필종
순천인

통덕랑

여서기
달성인

世系下添錄兄弟女壻者以表今日

外裔及甥孫之齊心共事云

世系下添錄兄弟女婿者以表今日

外裔及傍孫之齊心共事云

세계의 아래에 형제와 사위를 기록한 것은

금일 외손과 방손이 같은 마음으로 함께

사업한 것을 나타내려고 한 것이다.

괴편당 연보年譜

○ 성종대왕 25년(명나라 효종孝宗 홍치弘治 7년) 갑인(1494년)

  2월 10일 인시(寅時)에 선생께서 대구부 해안현(解顏縣) 상향리(上香里)[1] 집에서 태어나다.

○ 연산군 원년(홍치 8년) 을묘(1495년) : 선생 2세

○ 연산군 2년(홍치 9년) 병진(1496년) : 선생 3세

  체격이 크고 얼굴이 잘 생겨 보는 사람들이 다 특별히 여겼다.

○ 연산군 3년(홍치 10년) 정사(1497년) : 선생 4세

○ 연산군 4년(홍치 11년) 무오(1498년) : 선생 5세

○ 연산군 5년(홍치 12년) 기미(1499년) : 선생 6세

  부친 참판공[2]으로부터 수업을 받다.

○ 연산군 6년(홍치 13년) 경신(1500년) : 선생 7세

---

1) 지금의 대구광역시 동구 도평동(도동)이다.
2) 부친의 이름은 순손(順孫)이다. 선생의 귀함으로 이조참판을 증직 받았다.

자질이 뛰어나 번거롭게 가르치거나 감독하지 아니하여도 부지런히 책을 읽고 게을리 하지 아니하였다.

○ 연산군 7년(홍치 14년) 신유(1501년) : 선생 8세

○ 연산군 8년(홍치 15년) 임술(1502년) : 선생 9세

○ 연산군 9년(홍치 16년) 계해(1503년) : 선생 10세

○ 연산군 10년(홍치 17년) 갑자(1504년) : 선생 11세

○ 연산군 11년(홍치 18년) 을축(1505년) : 선생 12세

○ 중종대왕 원년(명나라 무종武宗 정덕正德 원년) 병인(1506년) : 선생 13세

○ 중종대왕 2년(정덕 2년) 정묘(1507년) : 선생 14세

○ 중종대왕 3년(정덕 3년) 무진(1508년) : 선생 15세

○ 중종대왕 4년(정덕 4년) 기사(1509년) : 선생 16세

부인 송씨(宋氏)에게 장가들다.
가계는 김해 직장(直長) 송식(宋軾)의 따님이고 지평(持平) 송계상(宋繼商)의 손녀이다.

○ 중종대왕 5년(정덕 5년) 경오(1510년) : 선생 17세

○ 중종대왕 6년(정덕 6년) 신미(1511년) : 선생 18세

○ 중종대왕 7년(정덕 7년) 임신(1512년) : 선생 19세

가을에 향시에 합격하다.

○ 중종대왕 8년(정덕 8년) 계유(1513년) : 선생 20세

봄에 진사시에 응시하였으나 낙방하다.

○ 중종대왕 9년(정덕 9년) 갑술(1514년) : 선생 21세

가을에 무과에 합격하다.

이 해 동당시(東堂試)3)에 3번 합격하였으나 회시(會試)4)에 합격하지 못
하였다. 이에 붓을 던지고 무과에 합격하였으니 대개 선생의 그릇이 크고
용기와 지략이 남들보다 뛰어나 개연(慨然)히5) 마음속에 무과로 바꿀 뜻을
두었다.

○ 중종대왕 10년(정덕 10년) 을해(1515년) : 선생 22세

---

3) 동당향시(東堂鄕試)의 줄인 말로 문과(文科) 초시(初試)의 하나.
4) 문과(文科), 대과(大科)라고도 한다.
5) 우리말로는 '분연히'라고 할 수 있다.

○ 중종대왕 11년(정덕 11년) 병자(1516년) : 선생 23세

봄에 중시(重試)에 합격하다.

○ 중종대왕 12년(정덕 12년) 정축(1517년) : 선생 24세

○ 중종대왕 13년(정덕 13년) 무인(1518년) : 선생 25세

모친 정부인 최씨의 상(喪)을 당하다.

선생이 아우 별좌공(別坐公) 화(華)6)와 더불어 효도와 봉양을 지극히 하였는데 상을 당함에 슬픔이 예(禮)의 법도를 넘었다.

○ 중종대왕 14년(정덕 14년) 기묘(1519년) : 선생 26세

○ 중종대왕 15년(정덕 15년) 경진(1520년) : 선생 27세

○ 중종대왕 16년(정덕 16년) 신사(1521년) : 선생 28세

훈련원 봉사(奉事)에 제수(除授)되다. 또 군기시(軍器寺) 봉사에 제수되었다. 얼마 후에 직장(直長)으로 승진하였다.

○ 중종대왕 17년(명나라 세종 가정 원년) 임오(1522년) : 선생 29세

---

6) 자(字)는 현보(顯甫), 호(號)는 매헌(梅軒)이다.

훈련원 참군(參軍)에 제수되다. 훈련원 주부(主簿)로 승진되었다. 또 사헌부 감찰(監察)에 임명되었다.

○ 중종대왕 18년(가정 2년) 계미(1523년) : 선생 30세

○ 중종대왕 19년(가정 3년) 갑신(1524년) : 선생 31세

하동현감(河東縣監)7)에 제수되다.

○ 중종대왕 20년(가정 4년) 을유(1525년) : 선생 32세

○ 중종대왕 21년(가정 5년) 병술(1526년) : 선생 33세

○ 중종대왕 22년(가정 6년) 정해(1527년) : 선생 34세

○ 중종대왕 23년(가정 7년) 무자(1528년) : 선생 35세

남포현감(藍浦縣監)8)에 제수되다.

○ 중종대왕 24년(가정 8년) 기축(1529년) : 선생 36세

○ 중종대왕 25년(가정 9년) 경인(1530년) : 선생 37세

---

7) 하동현은 경상남도 하동군에 있었다.
8) 남포현은 충청남도 보령군 남포면에 있었다.

○ 중종대왕 26년(가정 10년) 신묘(1531년) : 선생 38세

○ 중종대왕 27년(가정 11년) 임진(1532년) : 선생 39세

　부친 참판공의 상(喪)을 당하다.

○ 중종대왕 28년(가정 12년) 계사(1533년) : 선생 40세

○ 중종대왕 29년(가정 13년) 갑오(1534년) : 선생 41세

○ 중종대왕 30년(가정 14년) 을미(1535년) : 선생 42세

　단성현감(丹城縣監)에 제수되다.

○ 중종대왕 31년(가정 15년) 병신(1536년) : 선생 43세

○ 중종대왕 32년(가정 16년) 정유(1537년) : 선생 44세

○ 중종대왕 33년(가정 17년) 무술(1538년) : 선생 45세

　봄에 안동판관(安東判官)에 임명되었으나 얼마 지나지 않아 벼슬을 버리고 돌아왔다.

　선생이 정사(政事)를 폄이 신명과 같았으며 자신을 규율하기를 청검(淸儉)으로써 하였다. 부사 유기(柳起)와 함께 일을 함에 뜻이 합일되지 아니하여 벼슬을 버리고 집으로 돌아왔다. 유공(柳公)도 이로 인하여 벼슬을

버리고 돌아갔는데, 사람들을 만나면 반드시 공(괘편당)의 청백현능(淸白賢能)9)을 칭송하였으며 조금도 미워하거나 심한 말을 하지 아니하였다.

○ 중종대왕 34년(가정 18년) 기해(1539년) : 선생 46세

○ 중종대왕 35년(가정 19년) 경자(1540년) : 선생 47세

○ 중종대왕 36년(가정 20년) 신축(1541년) : 선생 48세

　의주판관(義州判官)에 제수되다.

○ 중종대왕 37년(가정 21년) 임인(1542년) : 선생 49세

○ 중종대왕 38년(가정 22년) 계묘(1543년) : 선생 50세

○ 중종대왕 39년(가정 23년) 갑진(1544년) : 선생 51세

　단천군수(端川郡守)10)에 제수되다.

　임소에 부임한 지 얼마 되지 아니하여 백성들이 유애(遺愛)11)를 생각하였다.

○ 중종대왕 40년(가정 24년) 을사(1545년) : 선생 52세

---

9) 청렴하고 현명하고 능력이 있는 것.
10) 단천군은 함경남도에 있었다.
11) 백성들이 끼친 사랑을 비석 등을 통하여 후세에 남길 생각.

정평부사(定平府使)12)에 제수되다.

○ 명종대왕 원년(가정 25년) 병오(1546년) : 선생 53세

○ 명종대왕 2년(가정 26년) 정미(1547년) : 선생 54세

○ 명종대왕 3년(가정 27년) 무신(1548년) : 선생 55세

　통정대부(通政大夫)13)로 승진하다.

　임지(정평부)에 4년간 있으면서 염근휼민(廉謹恤民)14)으로 치적이 경내에
나타나 감사가 계문(啓聞)15)하여 특별히 통정대부가 더하여졌다.

○ 명종대왕 4년(가정 28년) 기유(1549년) : 선생 56세

　경원부사(慶源府使)16)에 임명되다.

○ 명종대왕 5년(가정 29년) 경술(1550년) : 선생 57세

○ 명종대왕 6년(가정 30년) 신해(1551년) : 선생 58세

---

12) 정평부는 함경남도 정평군에 있었다.
13) 정3품 당상관이다.
14) 청렴과 근신으로 백성들을 구휼한 일.
15) 임금에게 올리는 문서.
16) 인천의 옛 지명이다.

가선대부(嘉善大夫)[17]로 승진하다. 인하여 회령부사(會寧府使)[18]에 제수되다.

임금께서 관직에 있으면서 청렴[請簡]한 사람을 선발하여 특별히 표리(表裏)[19]를 하사하여 표창하였다. 이때 탐욕과 나쁜 풍속, 투기와 사치[貪鄙汚俗偸靡]가 풍속을 이루어 임금께서 특별히 이조와 병조[政曹][20]에 명을 내려 조정의 관리 중에서 청렴하고 근신하는 자[廉謹]를 선발하여, 내직에 있는 사람에게는 대궐의 뜰에서 연회를 베풀며 일등악(一等樂)[21]을 하사하고 단목(丹木)[22], 호초(胡椒)[23]를 각각 차등 있게 내렸다. 날이 어두워지자 다시 백랍촉(白蠟燭)[24]을 각자 한 쌍식 내렸다. 외직에 있는 사람은 각기 표리(表裏) 한 벌을 내렸다. 선발된 사람은 무릇 43인이었다.

○ 명종대왕 7년(가정 31년) 임자(1552년) : 선생 59세

○ 명종대왕 8년(가정 32년) 계축(1553년) : 선생 60세

함경남도 병마절도사(兵馬節度使)에 임명되다.

○ 명종대왕 9년(가정 33년) 갑인(1554년) : 선생 61세

---

17) 종2품이다.
18) 함경북도 회령군에 있었다.
19) 옷의 겉감과 안찝. 즉 옷 한 벌 만들 옷감.
20) 정조(政曹): 관리들을 임면할 수 있는 이조와 병조를 말함.
21) 첫째 가는 등급의 음악.
22) 속이 붉은 나무. 속이 붉기 때문에 붉은 색 염료로 쓰거나 한방의 약재로 쓰임.
23) 중국에서 나는 향초, 방향재(芳香材).
24) 흰 밀랍으로 만든 초. 밀랍은 꿀벌의 집을 끓여서 짜낸 기름.

함경북도 병마절도사로 옮겨 임명되다.

관북(關北)은 본래 여진족의 옛 땅이다. 해마다 침략을 입어 약탈을 당하였는데 특별히 선생을 북병사(北兵使)25)로 임명하였다. 이때 니탕개(尼蕩介)가 병사를 일으켜 동쪽으로 건너왔는데 선생이 격문(檄文)을 지어 니탕개에게 보내었다. 탕개가 격문을 보고 선생에게 청하여 말하기를 "우리가 지금 돌아가고자 하나 양식이 없어 걱정입니다."라고 하였다. 선생께서 조정에 계(啓)를 올려 청하여 쌀과 고기[牛]와 술을 주자 적들은 곧 돌아갔다.

부인 송씨가 별세하다.

이보다 먼저 부인이 한양에 왔었는데26), 마침내 북병사에 임명되어 북쪽으로 가야할 무렵에 부인 상(喪)을 입었다. 만사(挽詞)27)를 지어 슬픔을 나타내기를 "백마가 울면서 멀리 관북으로 가는데, 붉은 명정(銘旌)은 아득히 영남을 향해 돌아가네. 구름 낀 변방 만리 풍설이 많은데, 누가 진중(陣中)의 이 사람에게 옷을 지어 줄꼬."라고 하였으니, 그 뜻이 국사를 보존하는 데 있고 사사로운 정을 돌아보지 않음이 이와 같았다.

○ 명종대왕 10년(가정 34년) 을묘(1555년) : 선생 62세

병조참판으로 임명되어 내직으로 들어오다.

---

25) 함경북도 병마절도사를 달리 부르는 말.
26) 『명종실록』 9년 8월 23일에 의하면 이영이 함경남도 병사가 되었을 때 부인이 남도 병영으로 와 있다가 북도 병사로 갈 무렵에 타계하였다고 하였다.
27) 죽은 이를 애도하는 시.

교체되어 돌아오는 날 임금께서 선전관을 보내 행낭(行囊)을 점검하게 하였는데, 다만 헤진 이불 한 채만이 있었다. 교서(敎書)를 내려 표창하며 말하기를 "그대의 청백(淸白)은 가히 일월과 더불어 빛을 다투도다. 청렴하고 근신함으로 스스로를 지키고 나라 일을 스스로 책임지니, 내가 심히 아름답게 여겨 특별히 의복을 내리노라."라고 하였다.

○ 명종대왕 11년(가정 35년) 병진(1556년) : 선생 63세

평안도 병마절도사에 임명되다.

○ 명종대왕 12년(가정 36년) 정사(1557년) : 선생 64세

○ 명종대왕 13년(가정 37년) 무오(1558년) : 선생 65세

교체되어 한양으로 들어와 9월에 제주목사에 임명되다.

제주(濟州)는 바다 가운데 있는데 종전에 부임한 관리들이 대부분 탐욕스럽고 포악하여 백성들이 그 고통을 감당할 수 없었다. 선생이 번거로운 고통을 제거하고 한결같이 청렴하게 임하니 백성들의 풍속이 크게 교화되었다. 임기를 마치고 돌아올 때 행장이 단촐하였는데, 손에 있던 편(鞭: 말채찍) 하나도 오히려 주(州)의 물건이라 하여 관청의 벽에 걸어두고 돌아왔다. 백성들이 그 유혜(遺惠: 끼친 은혜)에 감동하여 매월 초하루에 괘편(掛鞭)의 아래에서 참배하였다. 인하여 그 당(堂)의 이름을 '괘편당(掛鞭堂)'이라고 하고, 사람들이 공(公)의 호(號)로 삼았다.

○ 명종대왕 14년(가정 38년) 기미(1559년) : 선생 66세

○ 명종대왕 15년(가정 39년) 경신(1560년) : 선생 67세

○ 명종대왕 16년(가정 40년) 신유(1561년) : 선생 68세

　　내직으로 들어와 도총부 부총관에 임명되었다. 겨울에 병으로 사직하고 고향으로 돌아왔다.

○ 명종대왕 17년(가정 41년) 임술(1562년) : 선생 69세

　　봄에 청송부사에 제수되었다. 가을에 경상우도 병마절도사로 옮겨 임명되었다.

○ 명종대왕 18년(가정 42년) 계해(1563년) : 선생 70세

　　2월 15일 병영(兵營)에서 고종(考終: 타계)하였다.

　　지난해 겨울부터 병이 들어 오랫동안 낫지 않았다. 임종 시에 가정사에 대하여는 한 마디 언급도 없었고 다만 침상의 이불 위에 손으로 '나라 국(國)'자(字)를 쓰셨다.

　　향년 70세다. 부고가 알려지자 임금께서 특별히 부의(賻儀)를 내리고 관리를 보내어 장례를 돕게[侑祭] 하였다. 이해 5월 1일에 해안현 북쪽 내동(內洞) 둔곡(遁谷)의 태좌(兌坐)의 언덕에 장사지냈다.

○ 숙종대왕 27년 신사(1701년)

사림의 의논으로 둔곡에 사우(祠宇: 사당)를 건립하였다.

○ 영종[영조]대왕 원년 을사(1725년)

3월   일에 백계(栢溪)에 청백사(淸白祠)를 건립하였다.

○ 순조대왕 21년 신사(1821년)

2월   일에 심계(心溪)로 청백사를 이건하였다.

掛鞭堂 年譜

孝宗 弘治 七年 成宗大王 二十五年 甲寅
　　二月 初十日 寅時 先生生于解顏縣 上香里第

八年 燕山君 元年　乙卯 先生 二歲

九年 丙辰 先生 三歲
　　骨格壯勁 狀貌奇偉 見者咸異之

十年 丁巳 先生 四歲

十一年 戊午 先生 五歲

十二年 己未 先生 六歲
　　受學于參判公

十三年 庚申 先生 七歲
　　才思穎發 不煩敎督而勤讀不懈

十四年　辛酉　先生　八歲

十五年　壬戌　先生　九歲

十六年　癸亥　先生　十歲

十七年　甲子　先生　十一歲

十八年　乙丑　先生　十二歲

武宗　正德　元年　中宗大王　元年　丙寅　先生　十三歲

二年　丁卯　先生　十四歲

三年　戊辰　先生　十五歲

四年　己巳　先生　十六歲
　聘夫人宋氏
　系金海直長軾之女　持平繼商之孫

五年　庚午　先生　十七歲

六年 辛未 先生 十八歲

七年 壬申 先生 十九歲
　秋中鄉解

八年 癸酉 先生 二十歲
　春赴進士試見屈

九年 甲戌 先生 二十一歲
　秋登武科第
　是歲中東堂三場　見屈於會試　因投筆中武科　盖先生　器度宏遠　勇略
　過人　慨然有裹革之志

十年 乙亥 先生 二十二歲

十一年 丙子 先生 二十三歲
　春中重試

十二年 丁丑 先生 二十四歲

十三年 戊寅 先生 二十五歲
　丁貞夫人崔氏憂

先生與弟別坐公革 孝養備至 及服喪哀毀踰禮

十四年 己卯 先生 二十六歲

十五年 庚辰 先生 二十七歲

十六年 辛巳 先生 二十八歲
　除訓鍊奉事 又軍器奉事 尋陞直長

世宗 嘉靖 元年 壬午 先生 二十九歲
　除訓鍊參軍 陞訓練主簿 又拜司憲府監察

二年 癸未 先生 三十歲

三年 甲申 先生 三十一歲
　除河東縣監

四年 乙酉 先生 三十二歲

五年 丙戌 先生 三十三歲

六年 丁亥 先生 三十四歲

七年 戊子 先生 三十五歲
　　除藍浦縣監

八年 己丑 先生 三十六歲

九年 庚寅 先生 三十七歲

十年 辛卯 先生 三十八歲

十一年 壬辰 先生 三十九歲
　　丁參判公憂

十二年 癸巳 先生 四十歲

十三年 甲午 先生 四十一歲

十四年 乙未 先生 四十二歲
　　除丹城縣監

十五年 丙申十 先生 四十三歲

十六年 丁酉 先生 四十四歲

十七年 戊戌 先生 四十五歲
　春 除安東判官 未幾棄歸
　先生爲政如神明 律己以淸儉 府使柳起有不合意之事 棄官歸第 柳公
　亦因棄歸 而逢人必稱公淸白賢能 少無忤己之言

十八年 己亥 先生 四十六歲

十九年 庚子 先生 四十七歲

二十年 辛丑 先生 四十八歲
　除義州判官

二十一年 壬寅 先生 四十九歲

二十二年 癸卯 先生 五十歲

二十三年 甲辰 先生 五十一歲
　除端川郡守

居任未久 民思遺愛

二十四年 仁宗大王 元年 乙巳 先生 五十二歲
　除定平府使

二十五年 丙午 先生 五十三歲

二十六年 丁未 先生 五十四歲

二十七年 戊申 先生 五十五歲
　陞通政
　在任四年 廉謹恤民 治著境內 監司 啓聞 特 加通政

二十八年 己酉 先生 五十六歲
　拜慶源府使

二十九年 庚戌 先生 五十七歲

三十年 辛亥 先生 五十八歲
　陞嘉善 因 除會寧府使 上以居官淸簡 特 賜表裏以旌
　時 貧圖迂俗偸靡成風 上特命政曹 揀選朝臣廉謹者 在內者 賜宴于
　闕庭 賜一等樂 各賜丹木胡椒有差 至昏復 賜白蠟燭各一雙 在外者

各 賜表裏一襲 被選人 凡四十三人

三十一年 壬子 先生 五十九歲

三十二年 癸丑 先生 六十歲
拜咸鏡南道兵使

三十三年甲寅 先生 六十一歲
移拜咸鏡北道兵使
關北素以女眞舊土 歲被侵掠 特拜先生爲北兵使 時 尼蕩介起兵東渡
先生作檄文 送于蕩介 蕩介見檄 請于先生曰 吾今欲還患無糧 先生
啓請于 朝 給米及牛酒 賊乃還

夫人宋氏卒
先是 夫人來京師 當其北行也 遭夫人喪 題挽敍悲曰 白馬遠嘶關北
去 丹旌遙向嶺南歸 塞雲萬里多風雪 誰作征人身上衣 其志存國事
不顧私情如此

三十四年 乙卯 先生 六十二歲
召拜兵曹參判
遞還之日 上使宣傳官點閱行橐 只有一弊衾 敎書褒之曰 爾之清白
可與日月爭光 以清愼自持 國事自任 予甚嘉之 特 賜衣服

三十五年 丙辰 先生 六十三歲

拜平安道兵使

三十六年 丁巳 先生 六十四歲

三十七年 戊午 先生 六十五歲

遞歸入京 九月拜濟州牧使

州在海中 從前莅任者 率多貪暴 民不堪苦 先生痛除煩苛 一任廉潔
民俗大化 及瓜歸也 行李蕭然 手裏一鞭 尚嫌州物 留掛官壁而歸 民
感其遺惠 每月朔參拜於掛鞭之下 因名其堂曰 掛鞭 人以爲公號焉

三十八年 己未 先生 六十六歲

三十九年 庚申 先生 六十七歲

四十年 辛酉 先生 六十八歲

召拜都摠府副摠管 冬辭疾歸鄉

四十一年 壬戌 先生 六十九歲

春 除青松府使 秋移拜慶尚右道兵使

四十二年 癸亥 先生 七十歲

二月十五日考終于營中
自去年冬 疾作彌留 臨終無一言及家事 但以手書國字于枕衾

享年七十訃 聞特 命賜賻 遣官侑祭 是年五月初一日 葬于
解顏縣北 內洞 遁谷兌坐之原

肅宗大王 二十七年 辛巳
　因士論營建祠宇于遁谷

英宗大王 元年 乙巳
　三月 日 建淸白祠于栢溪

純祖大王 二十一年 辛巳
　二月 日 移建于心溪

일고(逸稿)

병중유감病中有感 / 병중에 느낌이 있어

白馬閒嘶繫柳條	백마가 한가히 울며 버드나무가지에 매여 있고
將軍無事劒藏鞘	장군이 일이 없어 칼이 칼집에 들어있네.
國恩未報身先老	나라의 은혜를 갚지도 못하였는데 몸이 먼저 늙었으니
夢踏關山雪欲消	꿈속에서도 관산28)을 밟아 쌓인 눈을 녹이고자 하네.

---

28) 관산(關山)은 국경 가까이 있는 산으로 위의 시에서는 압록강 부근에 있는 산을 말함. 관산은 임진왜란 때 선조가 평안도 의주〔용만〕에 몽진하여 통곡하며 지은 〈용만서사(龍灣書事)〉 시에 보임. 공은 48세에 의주판관을 역임한 바가 있고, 63, 4세 때에는 평안도 병마절도사로 있었다.

만 유절도挽柳節度 / 타계한 유 절도사를 애도함

翮摧霜鶻墮秋天　　군영의 깃대 꺾이고29) 서리 맞은 송골매
　　　　　　　　　　가을하늘에 떨어지니

一夢功名五十年　　벼슬길 50년 하룻밤 꿈과 같구나.

戀德驊騮啼月下　　화류(驊騮)30)가 덕을 연모하여 달 아래 울고

失恩鸚鵡泣風前　　은혜를 저버린 앵무새 바람 앞에 울고
　　　　　　　　　　있네.31)

青油幕閉鳴寒雨　　청유장막32)은 닫히고 차가운 빗소리만
　　　　　　　　　　들리고

綠野堂空鎖暮烟　　녹야당33)은 비어 저문 안개 둘려있네.

怊悵帳頭懸寶劒　　슬프게도 장막 위에는 보검이 걸려있고

笛聲寥亮柳營邊　　병영34)가엔 피리소리 쓸쓸하게 들리네.

---

29) 군영에 세워놓은 깃대, 깃발.

30) 주(周)나라 목왕(穆王) 때 팔준마(八駿馬)의 하나. 즉 준마를 말함.

31) 여기서 앵무새는 유절도사 휘하에 있던 병사를 말함.

32) 청유 기름을 칠한 장막.

33) 일반적으로 '녹야당'은 당나라 배도(裴度)의 정자를 말하나, 여기서는 푸른 들판에 있는 류절도사의 군영을 의미함.

34) 유영(柳營): 평안도 병영을 달리 부르는 말. 안주에 있어 안영(安營)이라고도 함. 위 시에서 안영이라고 칭하지 않고 류영이라고 표현한 것은 류절도사의 병영임을 나타내고자 한 것으로 보임.

만 부인송씨挽夫人宋氏 / 타계한 부인 송씨를 슬퍼함

白馬遠嘶關北去　백마가 울면서 멀리 관북으로 가는데

丹旌遙向嶺南歸　붉은 명정은 아득히 영남을 향해 돌아가네.

塞雲萬里多風雪　구름 낀 변방 만리 풍설이 많은데

雖作征人身上衣　누가 진중(陣中)의 이 사람에게 옷을 지어

　　　　　　　　줄꼬.35)

---

35) 위의 시는 공이 61세 때 한양에서 별세한 부인의 상여를 고향인 대구로
　보내면서 지은 시임. 이때 공은 부인의 상여를 보내고 함경북도 병마절도사
　로 부임하였음.

괴편당실기 - 권 2

부록

염근피선 사연록廉謹被選 賜宴錄36)

　명종 대왕 6년 신해(1551년)37) : 이때 탐욕과 나쁜 습속, 사치[貪鄙汚俗偸靡]가 풍속을 이루어 임금께서 특별히 이조와 병조에 명을 내려 조정의 관리 중에서 청렴하고 근신하는 자[廉謹]를 선발하여, 대궐의 뜰에서 연회를 베풀며 일등악(一等樂)38)을 하사하고 단목(丹木)39), 호초(胡椒)40)를 각각 차등 있게 내렸다. 날이 어두워지자 다시 각기 백랍촉(白蠟燭)41) 한 쌍씩 내렸다.

　청렴한 관리로 선발된 사람은 호조판서 안현(安玹), 우참찬 박수량(朴守良), 평안도 감사 홍섬(洪暹), 형조판서 조사수(趙士秀), 대사성

---

36) 염근(廉謹)은 청렴하고 근신하는 관리를 의미한다. 이 글은 명종이 염근자로 선발된 사람을 궁궐로 불러 연회를 베푼 사실을 기록한 것임.

37) 공이 청간(淸簡)한 관리로 처음 선발된 해는 명종 6년이나 위 기사는 『명종실록』 7년(임자) 11월 4일에 기록되어 있음. 오상(吳祥)의 『부훤당유고』〈연보〉에도 명종 7년에 기록되어 있음.

38) 첫째가는 등급의 음악.

39) 속이 붉은 나무. 붉은 색 염료로 사용하거나 한방의 약재로 쓰임.

40) 중국에서 나는 향초, 방향재(芳香材).

41) 흰 밀랍으로 만든 초. 밀랍은 꿀벌의 집을 끓여서 짜낸 기름.

이명(李蓂), 예조참의 이몽필(李夢弼), 좌승지 홍담(洪曇), 우승지 성세장(成世章), 대사간 윤춘년(尹春年), 판교(判校) 윤현(尹鉉), 좌통례 윤부(尹釜), 장령 류혼(柳渾), 제용감정(濟用監正) 우세룡(禹世龍), 사복시정(司僕寺正) 박승준(朴承俊), 사복시 부정(副正) 임보신(任輔臣), 홍문관 교리 정종영(鄭宗榮), 부교리 박민헌(朴民獻), 공조정랑 이증영(李增榮), 내섬시 직장(內贍寺直長) 김몽좌(金夢佐) 19인이었는데 연회에 참석하였다.

대사헌 이준경(李浚慶), 동지중추부사(同知中樞府事) 임호신(任虎臣), 동지중추부사 주세붕(周世鵬), 동부승지(同副承旨) 김개(金鎧), 전(前) 사성 이황(李滉), 전한(典翰) 송찬(宋贊), 부장(部獎) 허세린(許世麟), 군기시 별정(軍器寺別正) 안잠(安潛), 사용(司勇) 김팽령(金彭齡), 사재감정(司宰監正) 강윤권(姜允權) 10인은 병으로 참석하지 못하였다.

외직에 있는 사람으로 선발된 이는 회령부사(會寧府使) 이영(李榮), 강계부사(江界府使) 김순(金洵), 나주목사(羅州牧使) 오상(吳祥), 상주목사(尙州牧使) 신잠(申潛), 밀양부사(密陽府使) 김우(金雨), 온양군수(溫陽郡守) 이중경(李重慶), 예천군수(醴泉郡守) 안종전(安從琠), 강릉부사(江陵府使) 김확(金擴), 신계현령(新溪縣令) 유언겸(兪彦謙), 금구현령(金溝縣令) 변훈남(卞勳男), 한산군수(韓山郡守) 김약묵(金若默), 지례현감(知禮縣監) 노진(盧稹), 칠원현감(漆原縣監) 신사형(辛士衡), 전(前) 군수(郡守) 김취문(金就文) 14인이다. 각기 표리(表裏)[42] 한 벌을 내렸다. 【부훤당(負暄堂) 판서 오상(吳祥)의 연보에 나옴】

---

42) 옷의 겉감과 안찝. 즉 옷 한벌 만들 옷감.

廉謹被選 賜宴錄

明宗大王 六年 辛亥, 時, 貪鄙汙俗偸靡成風, 上特命政曹, 棟選朝臣廉謹者, 賜宴于闕庭, 賜一等樂, 各賜丹木 胡椒 有差. 至昏復, 賜白蠟燭, 各一雙.

○ 廉謹被抄人, 戶曹判書 安鉉, 右參贊 朴守良, 平安監司 洪暹, 刑曹判書 趙士秀, 大司成 李蓂, 禮曹參議 李夢弼, 左承旨 洪曇, 右承旨 成世章, 大司諫 尹春年, 判校 尹鉉, 左通禮 尹釜, 掌令柳渾, 濟用監正 禹世龍, 司僕正 朴承俊, 司僕副正 任輔臣, 弘文校理 鄭宗榮, 副校理 朴民獻, 工曹正郎 李增榮, 內贍直長 金夢佐, 等 十九人參宴. 大司憲 李浚慶, 同知中樞 任虎臣, 同知中樞周世鵬, 同副承旨 金鎧, 前司成 李滉, 典翰 宋贊, 部將 許世麟, 軍器別正 安潛, 司勇 金彭齡, 司宰監正 姜允權, 等 十人病未參. 外任被選人, 會寧府使 李榮, 江界府使 金洵, 羅州牧使 吳祥, 尚州牧使 申潛, 密陽府使 金雨, 溫陽郡守 李重慶, 醴泉郡守 安從琠, 江陵府使 金擴, 新溪縣令 俞彥謙, 金溝縣令 卞勳男, 韓山郡守 金若默, 知禮縣監 盧積, 漆原縣監 辛士衡, 前郡守 金就文, 等十四人. 各 賜表裏一襲. 出負暄堂 吳判書祥 年譜中.

달구지 達句誌[43)

    이영(李榮)【어떤 곳에는 이영(李英)으로 나온다.】의 본관은 영천이다. 기량이 크고 용기와 지략이 남들보다 뛰어났다. 그래서 활쏘기와 말 타기를 익혔다.

    정덕(正德)44) 갑술년(중종 9, 1514)에 무과에 합격하여 관직이 병조참판이 이르렀다.

    신해년(명종 6, 1551)에 회령부사에 임명되었는데 청렴[淸簡]한 관리로 표리(表裏)를 하사 받았다.

    갑인년(명종 9, 1554)에 북병사(北兵使)45)로 사랑과 위엄을 병행하여 호인(胡人: 만주족)들로부터 신뢰와 복종을 받았다.

    표창을 내리고 유시(諭示)하는 교서(敎書)46)에 말하기를 "그대가 청백(淸白)으로 스스로를 지키고 나라 일을 스스로 책임지니, 내가 심히 아름답게 여겨 특별히 의복벌을 내리노라."라고 하였다.

---

43) 달구는 달구벌(達句伐)을 줄인 말이다. 즉 『대구읍지』에 기록된 것을 말함.

44) 명나라 무종(武宗)의 연호.

45) 함경북도 병마절도사이다.

46) 임금이 내리는 명령.

達句誌

李榮, 一本英, 永川人. 器度宏遠, 勇略過人. 遂事弓馬. 正德甲戌登武科, 官至兵曹參判. 辛亥拜會寧府使, 以清簡 賜表裏. 甲寅拜北兵使, 仁威並行, 胡人信服. 教書褒諭曰 爾以清白自持 以國事自任 予甚嘉之 特 賜衣服.

행록 약行錄 略47)

공의 이름[諱]은 영(榮)이고 자(字)는 현부(顯父)48)이고 본관은 영천이다. 증조 계양(啓陽)은 증(贈) 좌승지이고 조부 윤근(潤根)은 절충장군으로 병조참판을 증직 받았다. 아버지는 순손(順孫)이고 병조참판을 증직 받았으며, 어머니는 증(贈) 정부인 월성최씨로 참군(參軍) 한(澣)의 따님이고 지군사(知郡事) 맹연(孟淵)의 손녀이다.

홍치(弘治) 갑인년(성종 25, 1494)49) 2월 10일에 대구 해안리(解顔里)50)에서 태어났다. 어릴 때부터 매우 영특하여 일찍 공부를 시작하였는데 재주와 생각이 뛰어나 번거롭게 가르치거나 감독하지 아니하였다. 장성함에 문장(文章)과 의사(意思)가 뛰어나51) 여러 번 향시(鄕試)에 합격하여 이름이 널리 알려졌다.

아! 중종조에 동당시(東堂試)52)에 3번이나 합격하였으나 회시(會試)53)에는 합격하지 못하였다. 공은 어릴 때부터 기량이 크고 용기와 지략이 남들보다 뛰어났다. 인하여 개연(慨然)히 붓을 던지고 마음속에 무과로 바꿀 뜻을 두었다. 갑술년(중종 9, 1514) 가을에 무과(武

---

47) 행적을 간략히 기록함.
48) 이때의 부(父)는 '보'로 발음함. 남자에 대한 미칭임.
49) 명나라 효종(孝宗)의 연호. 성종 25년은 성종의 종년으로 승하한 해이다.
50) 지금의 대구광역시 동구 동촌일대로 공은 도동에서 태어났다.
51) 원문의 운용(雲涌): 일반적으로 운용(雲湧)으로 쓰는데 운용표발(雲湧飆發)을 줄인 말이다. 구름이 세차게 일고 광풍이 부는 것으로 문장의 기세가 드높음을 형용한 말.
52) 동당향시(東堂鄕試)의 줄인 말로 문과(文科) 초시(初試)의 하나.
53) 예조에서 실시하는 문과(文科), 즉 대과(大科)라고도 함.

科)에 합격하였으며 병자년(중종 11, 1516)에 또 중시(重試)에 합격하였다. 훈련원 봉사(奉事)와 군기시(軍器寺) 봉사를 역임하고, 얼마 후에 직장(直長)으로 승진하였다. 임오년(중종 17, 1522)에 훈련원 참군(參軍)에 임명되어 주부(主簿)로 승진하고 또 사헌부 감찰(監察)에 임명되었다.

갑신년(중종 19, 1524)에 하동현감에 제수되었으며 무자년(중종 23, 1528)에 남포현감에, 을미년(중종 30, 1535)에 단성현감에 제수되었다. 임지에서 정사(政事) 폄이 신명과 같았으며 자신을 규율하기를 청검(淸儉)으로서 하니 아전들이 두려워하고 백성들은 사모하였다.

무술년(중종 33, 1538)에 안동판관에 제수되었는데 부사와 더불어 일을 처리함에 뜻이 합일되지 아니하여 벼슬을 버리고 집으로 돌아왔다. 부사 또한 이로 인하여 벼슬을 버리고 돌아갔는데, 사람들을 만나면 반드시 공의 청백과 어짊, 능력[淸白賢能]을 칭찬하였으며 조금도 미워하거나 심한 말을 하지 아니하였으니 진실로 공이 지공무사(至公無私)한 사람이 아니었다면 능히 이와 같이 하였겠는가?

신축년(중종 36, 1541)에 의주판관에 제수되고 갑진년(중종 39, 1544)에 단천군수에, 을사년(인종 1, 1545)에 정평부사에 제수되었다. 수년 동안 백성들에게 임함에 조금도 어긋남이 없었고 치적이 크게 드러났다. 방백(方伯)이 표창할 것을 계문(啓聞)하여 특별히 통정대부54)가 더해졌다. 기유년(명종 4, 1549)에 경원부사에 임명되었고, 신해년(명종 6, 1551)에 가선대부55)에 올라 회령부사에 제수되었는데 치성(治聲)이 임금에게 들리게 되었다.

---

54) 정3품 당상관이다.
55) 종2품이다.

이때 탐욕과 나쁜 습성이 풍속이 되어 온 세상을 풍미하였다. 임금께서 특별히 이조와 병조에 명을 내려 조정의 관리 중에서 청렴하고 근신하는 자 43인을 선발하였는데 공도 그 가운데 한 분이었다. 내직에 있는 사람에게는 대궐의 뜰에서 연회를 베풀고 각기 향초(香椒)를 차등 있게 내렸다. 외직에 있는 사람에게는 각기 표리(表裏) 한 벌을 내렸으니 대개 은혜가 두텁고 특별한 일이었다.

계축년(명종 8, 1553)에 함경남도 병마절도사에 임명되었고, 갑인년(1554)에 북병사로 옮겨 임명되었다. 이보다 먼저 부인이 한양으로 와서 만났는데 마침내 북쪽으로 가야할 무렵에 갑자기 부인 상(喪)을 입었다. 공은 상여를 영남으로 보내고 곧바로 임지로 부임하였다. 만사(挽詞)에 이르기를 "백마가 울면서 멀리 관북으로 가는데, 붉은 명정(銘旌)은 아득히 영남을 향해 돌아가네. 구름 낀 변방 만리 풍설이 많은데, 누가 진중(陣中)의 이 사람에게 옷을 지어 줄꼬."라고 하였으니 그 뜻이 국사를 보존하는데 있고 사사로운 정을 돌아보지 않음이 이와 같았다.

저 북쪽 변방의 육진(六鎭)은 본래 여진족의 옛 땅인데 요(遼)나라와 금(金)나라 이래로 해마다 저들의 침략과 노략질을 당하였다. 고려조의 명신 윤관(尹瓘)과 정운(鄭雲)이 다 장상(將相)의 재목으로 병사를 이끌고 수만리 먼 변방 밖으로 몰아내었는데, 개가(凱歌)[56]를 올리며 겨우 깨뜨리고 돌아서면 다시 침략하여 도둑질을 하였다. 비록 두 장수의 신비한 지략과 웅건한 책략으로 해마다 정벌을 하였으나 평안을 얻지 못하였다. 조선에 이르러도 군사들이 갑옷을 벗지 못하고 장수들도 말안장을 버리지 못하였는데, 수 천리 땅이 거의 형극(荊棘)[57]의 벌판으로 남아 있었다.

---

56) 승리의 노래.

이때 이르러 조정에서는 특별히 공을 북병사에 임명하니 사람들이 모두 위험한 곳이라고 하였다. 공은 조금도 걱정하는 빛이 없이 홀로 수레를 타고 부임하여 한결같이 우공(虞公)이 군(郡)에 이르런 것 같이 병사 어루만지기를 덕과 위엄으로써 하니 먼 곳의 사람들은 은혜와 신뢰를 생각하였고, 요(遼)의 좌편 땅 강건한 무리들도 무릎을 꿇고 공경하며 복종하지 않는 이가 없었다.

정사가 통하고 일이 이루어져 가까이는 편안하고 멀리는 공경하여, 조두(刁斗)의 소리가 잠자고58) 성문을 닫지 아니하고 봉수가 오래도록 쉬어 변방이 편안하였다. 공의 훈업(勳業)이 옛사람에 견주어도 그 짝할 만한 이가 없을 것이다. 그 당시 군관 박필종(朴必種)59)은 공의 사위였다. 평소에 뛰어난 활솜씨가 있었는데60) 하루는 사냥을 나가 종일 한 마리의 새도 잡지 못하고 돌아왔다. 공은 즉시 행장(行裝)을 꾸리게 하여 군영(軍營)으로 돌아가게 하였는데 사람들이 그 까닭을 알지 못하였다. 필종도 또한 알지 못하였는데 중도에 이르러 그 어머니의 부음(訃音)을 들었다. 어머니의 상여가 과연 활을 쏘아 새를 잡지 못했던 날에 나갔던 것이다. 그런 연후에 한 군영이 다 공의 선견지명(先見之明)에 감복하였다.

을묘년(명종 10, 1555)에 조정에서 특명을 내려 병조참판으로 소환하였다. 선전관(宣傳官)으로 하여금 중로(中路)에서 행장을 점검하

---

57) 가시와 같이 어려운 곳.

58) 조두(刁斗)는 구리로 만든 솥 같은 기구. 군대에서 낮에는 음식을 만들고 밤에는 이것을 두드려 경계하는 데 사용하였음.

59) 박필종(1534~1596): 순천박씨로 사육신 박팽년(朴彭年)의 현손이다. 대구 달성 묘동사람이다.

60) 원문의 천양(穿楊): 훌륭한 활솜씨를 이르는 말. 백보 밖에서 버들잎을 쏘아 맞춘 전국시대 양유기(養由基)의 고사에서 유래되었다.

게 하였는데 다만 헤진 이불 한 채만이 있을 뿐이었다. 임금께서 감탄하시고 하교(下敎)하여 말하기를 "그대의 청백(淸白)은 가히 일월과 더불어 빛을 다투도다. 청렴하고 근신함으로 스스로를 지키고 나라 일을 스스로 책임지니, 내가 심히 아름답게 여겨 의복을 내려 포상하노라."라고 하였다.

그가 소환되는 날 북쪽 변방의 남녀노소가 와서 수레 채를 끌어 앉고 그 부모를 잃은 것 같이 하였다. 북쪽의 오랑캐 또한 서로 말하기를 "이 절도사의 몸은 비록 떠났으나 그 덕은 오히려 남아 있으니 어찌 떠났다고 하여 머물고 있을 때의 그 은혜를 잊을 수 있으리오?"라고 하고 더욱 서로 삼가고 종적을 감추어 침범하지 아니하였으니, 이 어찌 청백(淸白)의 위엄과 덕으로써 사람들에게 감화를 준 것이 깊었던 것이 아니겠는가?

병진년(명종 11, 1556)에 평안도 병마절도사에 임명되었으며, 무오년(명종 13, 1558)에 교체되어 한양으로 돌아왔다. 9월에 제주목사에 임명되었는데 제주는 서남쪽 바다 가운데에 있어 수로(水路)로 천리나 되어 임금의 교화가 미치지 못하였다. 일찍이 이곳에 부임한 관리들이 대부분 탐욕스럽고 포악하여 백성들이 그 고통을 감당할 수 없었다. 여러 번 배반하였고 여러 번 복종하여 나라에서 가장 다스리기 어려운 곳이었다.

공이 이곳에 내려온 후에 번거롭고 고통스러운 것을 말끔히 제거하고 위엄과 청렴으로 덕을 펴는데 힘썼다. 염공(廉公)61)은 정사를 함에 평이하게 하고 백성들을 가까이 하며 기율을 엄격히 하자 섬 전체가 크게 교화되었다. 임기를 마치고 돌아올 때 행장이 단출하였는데, 손에 있던 편(鞭: 말채찍) 하나도 오히려 주(州)의 물건이라 하여 관

---

61) 청렴한 공이란 의미.

사(官舍)의 대청 벽에 걸어 두었는데[掛鞭], 백성들이 그 유혜(遺惠: 끼친 은혜)에 감동하여 매월 초하루에 반드시 괘편(掛鞭)의 아래에서 참배하였다. 보관하는 통[籠]을 고운 깁62)으로 바르고 해가 오래되어 편(鞭)이 낡으면 채색을 하고 채색이 마모되면 다시 채색을 하여 더욱 오래될수록 더욱 새로운 것 같았다. 인하여 그 당(堂)을 괘편당(掛鞭堂)이라고 하였다.

신해년(현종 12, 1671)에 아버지63)께서 이 주(州)의 재(宰: 牧使)가 되셨는데 내 나이 20세였다. 임소에 모시고 가서 때때로 채색된 괘편의 아래에서 바라보며 배례하니, 청풍(淸風)의 여운(餘韻)에 황홀하여 당일에 모시고 있는 것 같아 더욱 갱장(羹墻)의 정64)을 이길 수 없었다.

신유년(명종 16, 1561)에 조정으로 돌아와 도총부 부총관이 되었는데, 겨울에 병으로 사직하고 고향으로 돌아왔다. 임술년(명종 17, 1562)에 청송부사에 임명되었다가, 경상우도 병마절도사로 옮겼다. 겨울 11월에 병이 들어 한 달가량 지속되었는데 가정사에 대하여는 한 마디 언급도 없었다. 항상 손으로 침상의 이불 위에 나라 '국(國)' 자(字)를 써셨으니 나라를 위한 충(忠)이 죽음에 이르러도 쇠퇴하지 않았음을 여기에서 볼 수 있다.

---

62) 엷고 고운 견직물.

63) 이석번(李碩蕃: 1617~1681)이다. 자(字)는 무경(茂卿), 호(號)는 희졸헌(喜拙軒)이다. 공의 종(從) 현손이다. 27세(인조 20, 1642)에 진사시에 합격하고, 45세(현종 4, 1663)에 문과에 합격하여, 성균관 직강(直講), 동학교수(東學敎授), 50세(현종 9, 1668)에 옥천군수, 53세(현종 12, 1671)에 제주목사를 역임하였다. 문집이 있다.

64) 선배나 성현을 추모하는 마음. 순임금이 타계한 요임금을 그리워하여 앉으며 담장에 요임금이 보이는 것 같고, 식사할 때에는 국에 요임금이 어른거리는 것 같았다고 한 고사에서 유래함.

계해년(명종 18, 1563) 2월 15일에 군영에서 돌아가시니 향년 70세였다. 부고를 들으시고 임금께서 탄식과 애석함을 그치지 아니하였다. 특별히 부의(賻儀)를 내리고 관리를 보내어 장례를 돕게[侑祭]하였다. 이해 5월 1일에 해안현 북쪽 둔곡(遁谷) 태좌(兌坐) 언덕에 장사하였다.65) 공의 배위는 김해송씨니 직장(直長) 송식(宋軾)의 따님이다. 3남 3녀를 두시니 두문(杜文)은 좌랑이고 두장(杜章), 두강(杜綱)이다. 장녀는 참봉 채홍(蔡泓)66)에게 출가하였으며, 그 다음은 정위(鄭渭)와 박필종(朴必種)에게 출가하였다. 두문은 후사(後嗣)가 없고, 장녀는 감찰 김우용(金宇容)67), 정여해(鄭汝諧)68), 호군(護軍) 곽재겸(郭再謙)에게 출가하였다. 호군[곽재겸]의 아들은 생원 용(涌)이다. 인하여 공을 봉사손으로 삼았다. 두장도 후사가 없다. 참봉[채홍]이 3남을 낳으니 선교랑 응구(應龜)69), 습독(習讀) 응기(應麒)70), 생원 응린(應麟)이다.

아! 청백리가 옛날에도 혹 있었으나 누가 선생의 정충청덕(貞忠淸德)이 사람들의 살과 뼈 속에 스며듦이 이에 이름과 같음이 있으리

---

65) 대구의 동구 팔공산에 있다.

66) 채홍(1505~1565): 자는 정부(正夫), 호는 서귀정(西歸亭), 본관은 인천이다. 의릉참봉(義陵參奉)이다.

67) 김우용(1538~1608): 자는 정부(正夫), 호는 사계(沙溪), 본관은 의성이다. 동강(東岡) 김우옹(金宇顒)의 중씨(仲氏)이다.

68) 정여해(1538~1597): 자는 치화(致和), 호는 칠산(漆山), 본관은 동래이다. 임진왜란 때 의병장 행장(杏亭) 정여강(鄭汝康: 1541~1593)의 형이다.

69) 채응구(1523~1596): 자는 군칙(君則) 호는 석정(石亭)이다. 임진왜란 때 팔공산 회맹에 참여하였다.

70) 무남(無男)이다. 사위는 배극념(裵克念)이다. 배극념의 자는 염지(念之), 호는 우옹(愚甕), 본관은 성주이다. 성주에서 대구 해안으로 이거하였다. 외손 달천(達川) 배경가(裵褧可: 1570~1650)를 봉사손으로 삼았다.

오. 이로써 명성이 널리 알려져 중국[中朝: 명나라]에서 '선비를 선발하는 책문(策問)의 제목[策士之題]'으로 삼았으니, 대개 빙옥(氷玉)과 같은 지조[氷玉之操]와 탐욕을 청렴으로 바꾼 기풍[廉貪之風]71)이 멀리 미치지 않음이 없었다.

아! 위대하도다. 선생의 실제 사적은『여지승람(輿地勝覽)』과『국조명신록(國朝名臣錄)』에 소상히 기록되어 있어 분명하게 볼 수 있다. 그러나 집안에 전하는 것과 가첩(家牒)이 다 병화에 소실되어 문헌으로 증거할 수 없으니 탄식하지 않을 수 있겠는가? 한(恨)이 되지 않을 수 있겠는가? 오직 일시(逸詩) 몇 수가 세인의 입으로 널리 전해지고 있으니 이것은 온전한 봉황의 한 깃털이라고 할 수 있다.72) 선생께서 타계하신 지 지금으로부터 수 백 년이 되었으나 공의 충(忠)을 외우고 공의 청백을 일컬음이 비록 하인에 이르기까지 즐겨듣고 기쁘게 전하지 않음이 없다. 그러나 빠르게 세대가 멀어짐에 드디어 그 진실을 잃어버릴까 염려되어 이에 감히 고루(孤陋)함을 헤아리지 아니하고 삼가 돌아가신 부형들에게 들은 바와 세상 사람들이 전하는 것을 편집 기록하여 훗날 입언군자(立言君子)가 채택하기를 기다리노라.

숭정 기원후 을해년(숙종 21, 1695) 12월 일, 종(從) 5세손 영희(永喜)73) 근서(謹書)

---

71) 깨끗한 지조와 청렴한 관리생활을 말함.
72) 한 깃털로 봉황의 전체를 볼 수 있다는 의미임.
73) 이영희(1652~ ?): 자는 사구(士懼), 호는 육한(六恨), 본관은 영천이다. 백부 석번(碩蕃)의 계자(繼子)로 생부는 석필(碩苾)이다. 선전관, 결성 현감, 온양군수를 역임하였다. 종 6세손을 종 5세손으로 정정하였음.

行錄 略

公諱榮, 字顯父, 永川人. 曾祖諱啓陽 贈左承旨, 祖諱潤根 折衝將軍, 贈兵曹參判. 考諱順孫 贈吏曹參判. 妣 贈貞夫人 月城崔氏, 參軍澣之女, 知郡事孟淵之孫. 以弘治 甲寅 二月 初十日, 生公于解顏里第. 生而岐嶷 年甫入學, 才思穎悟, 不煩敎督. 旣長, 文思雲涌, 累中鄕解, 大有名稱. 奧在

中宗朝, 中東堂三場, 見屈於會試. 公自少, 器度宏遠, 勇略絶人. 因慨然投筆, 有裹革之志. 甲戌秋 登武科, 丙子 又中重試. 歷訓鍊奉事, 軍器奉事, 尋陞直長. 壬午 拜訓鍊參軍, 陞主簿, 又拜司憲府監察. 甲申 除河東縣監, 戊子 除藍浦縣監, 乙未 除丹城縣監. 所在爲政如神明, 律己以淸儉, 吏畏民懷. 戊戌 除安東判官, 與府使言事有不合意, 遂棄官歸第. 府使亦因棄歸, 而逢人必稱公淸白賢能, 少無忤己之言, 苟非公至公無私者, 能如是耶. 辛丑 除義州判官, 甲辰 除端川郡守, 乙巳 除定平府使, 累載莅民, 不犯秋毫, 聲績大著. 方伯褒啓, 特 加通政. 己酉 拜慶源府使, 辛亥 陞嘉善, 除會寧府使, 治聲上 聞. 時, 貪汙成風, 擧世靡然. 上特命政曹, 棟選朝臣廉謹者, 四十三人, 公其一也. 其在內任者, 賜宴闕庭, 各 賜香椒有差. 在外任者, 各 賜表裏一襲, 蓋優 恩異數也. 癸丑 拜咸鏡南道兵使, 甲寅 移拜北兵使. 先是, 夫人來會

京師, 適當北行之際, 遽遭夫人之喪. 公送旅櫬返嶺南, 因即赴任. 挽曰, 白馬遠嘶關北去, 丹旌遙向嶺南歸. 塞雲萬里多風雪, 誰作征人身上衣. 其志存國事, 不顧私情如此. 惟彼北邊六鎭, 素是女眞舊土, 遼金以來, 歲被彼人之侵掠. 麗朝名臣尹瓘 鄭雲, 俱是將相之材, 率兵數萬驅出塞外, 凱歌纔罷, 旋復侵寇. 雖以兩將之神機雄略, 連歲戰伐, 未得寧息. 至于我 朝, 兵未解甲, 將不舍鞍, 以數千里之地, 幾作荊棘之原矣. 至是, 朝廷特以公拜北兵使人, 皆危之. 而公少無憂色, 單車赴任, 一如虞公之到郡, 撫士卒以威德, 懷遠人以恩信, 遼左梗化之類 莫不屈膝敬服. 政通功成, 邇安遠肅, 刁斗寢聲, 城門不閉, 烽火久熄, 邊塞晏然. 公之勳業, 方之古人, 鮮有其儔. 其時軍官 朴必種, 公之女壻也. 素有穿楊之妙技, 一日出獵, 終日不獲一禽而歸. 公卽使治任, 送歸營中, 莫知其故. 必種亦不知之, 到中途, 聞其母訃. 其喪果出於射禽不中之日也. 然後, 一營皆服公先知也. 乙卯 朝廷特命以兵曹參判, 召還. 使宣傳官, 點閱行裝於中路, 只有一弊衾而已. 上嗟歎下敎曰, 爾之清白, 可與日月爭光. 以清慎自持, 以國事自任, 予甚嘉之, 特 賜衣服 以褒之. 其召還之日, 北塞男女老少, 來擁車轅., 如失其父母 北戎亦相謂曰, 李節度, 其身雖去, 其德尚存, 豈可以去留而忘其恩乎. 愈相戒飭, 歛跡不犯, 茲豈非清白威德之感人深而然歟. 丙辰 拜平安兵使, 戊午 遞歸入京. 九月拜濟州牧使, 州在西南海中水, 路千里王化不霑. 曾在是官者, 率多貪暴, 民不堪苦.

屢叛屢服, 爲國家一劇地矣. 自公下車之後, 掃除煩苛, 務伸威德.
廉公爲政, 平易近民, 令行禁止, 一島大化. 及瓜歸, 行李簫然,
手裏一鞭, 尚嫌州物, 留掛於官舍之廳壁, 民感其遺惠, 每月朔必
參拜於掛鞭之下. 而紗以籠之, 年久鞭朽則畫之, 畫而漫滅則又畫
之, 愈久愈新. 因名其堂曰, 掛鞭. 歲辛亥 家君作宰是州, 余年廿
餘. 陪往任所, 時時瞻拜於畫鞭之下, 清風遺韻恍然, 若當日事,
尤不勝羹墻之感也. 辛酉 入爲都摠府副摠管, 冬辭疾歸鄉. 壬戌
拜青松府使, 移拜慶尚右道兵使. 冬十一月, 有疾沈綿月餘, 無一
言及家事, 常以手書國字於枕衾, 其爲國之忠, 至死不衰, 於此可
見矣. 癸亥 二月 十五日 卒于營中, 享年七十. 訃聞, 上嗟惜不
已. 特 賜賻物, 遣官侑祭. 是年 五月 初一日 葬于解顔縣北 遁
谷 兌坐之原. 公配, 金海宋氏直長軾女. 有三男三女, 男杜文佐
郎, 杜章杜綱. 女長適蔡泓參奉, 次鄭渭, 朴必種. 杜文無嗣, 女
適金宇容監察, 鄭汝諧, 郭再謙護軍. 護軍男涌生員. 因奉公祀.
杜章無嗣. 參奉三男, 應龜宣教郎, 應麒習讀, 應麟生員. 鳴乎,
清白之吏, 古或有之, 而孰有如先生之貞忠清德, 浹人肌髓之, 至
是哉. 是以, 聲名播越, 至有 中朝 策士之題, 蓋其氷玉之操, 廉
貪之風, 無遠不曁矣. 猗歟, 韙哉. 先生之實蹟, 昭載於輿地勝覽,
及 國朝名臣錄, 則可較然覩矣. 而家傳乘牒, 盡失於兵燹, 文獻無
徵, 可勝歎哉. 可勝恨哉. 惟有逸詩數篇, 播傳世人之口, 此可爲
全鳳之一羽矣. 先生之歿, 于今數百載, 而誦公之忠, 稱公之清,

雖廝養走卒，莫不樂聞而喜傳之．然，旋恐世代寖遠，遂失其眞，
茲敢不揆孤陋，謹以所聞於先父兄，及世人之公傳者，編爲是錄，
以竢後之立言君子採擇云爾.

崇禎紀元後 乙亥 十二月 日，從六世孫 永喜 謹書.

묘지墓誌

지은 이를 알 수 없음[姓名逸][74]

공의 성(姓)은 이씨(李氏)이고 이름은 영(榮)이다. 자(字)는 현보(顯父)이고 본관은 영천(永川)이다. 아버지 순손(順孫)은 증(贈) 가선대부 이조참판이고 어머니는 월성최씨 증(贈) 정부인이다. 조부 윤근(潤根)은 절충장군이고 증조는 계양(啓陽)이다.

홍치(弘治)[75] 갑인년(성종 25, 1494) 2월 10일에 태어났다. 어려서부터 특출하였는데 관례에 이르자 기량(器量)이 크고 용기와 지략이 남들보다 뛰어났다. 궁마(弓馬)에 힘을 써 자못 꿋꿋한 의지가 있었다. 정덕(正德) 9년 갑술년(중종 9, 1514) 가을에 무과에 합격하였고, 병자년(중종 11, 1516)에 또 중시(重試)에 합격하였다. 신사년(중종 16, 1521)에 훈련원 봉사(奉事), 군기시 봉사가 되었다. 한 달이 지나 직장(直長)으로 승진하였다. 가정(嘉靖)[76] 원년(중종 17, 1522, 임오)에 훈련원 참군(參軍)이 되었고 참군으로부터 훈련원 주부(主簿), 사헌부 감찰(監察)에 임명되었다.

갑신년(중종 19, 1524)에 하동현감에, 무자년(중종 23, 1528)에

---

74) 이 묘지는 선생의 장례시에 묘소 가까이에 묻은 것인데 1685년(숙종 11, 을축) 2월 20일에 방손(傍孫) 영희(永喜)공께서 묘소에 사토(沙土)를 할 때 발견한 것임.
75) 명나라 효종(孝宗)의 연호.
76) 명나라 세종(世宗)의 연호.

남포현감에, 을미년(중종 30, 1535)에 단성현감에 제수되었다. 부임한 임소마다 오래지 않아 백성들이 유애(遺愛)를 생각하였다. 무술년(중종 33, 1538)에 안동판관에 제수되었는데 공의 성품이 본래 청렴하고 정직하여 자못 동료들이 꺼리는 바가 되었다. 이로 인하여 논하는 일이 합치되지 아니하자 관직을 버리고 집으로 돌아왔다.

신축년(중종 36, 1541)에 의주판관에, 갑진년(중종 39, 1544)에 단천군수에 제수되었다. 을사년(인종 1, 1545)에 정평부사에 제수되었는데 재임하는 4년 동안 청렴하고 근신하며 백성들을 구제하니 치적이 경내에 드러났다. 감사가 계문(啓聞)하여 특별히 통정대부가 더해졌다. 기유년(명종 4, 1549)에 경원부사로 옮겼으며 신해년(명종 6, 1551)에 가선대부에 올라 회령부사에 임명되었다. 임금께서 관직에 있는 사람 중에서 청렴[淸簡]한 관리에게 특별히 표리(表裏)를 하사하여 표창하였다. 계축년(명종 8, 1553)에 함경남도 병마절도사에 임명되었으며, 갑인년(1554)에 함경북도 병마절도사가에 임명되었다. 사랑과 위엄을 병행하여 호인(胡人)으로부터 신뢰와 복종을 받았다.

을묘년(명종 10, 1555)에 내직으로 들어와 병조참판이 되었는데 교서(教書)를 내려 표창하기를 "그대의 청백(淸白)은 가히 일월과 더불어 빛을 다투도다. 청렴하고 근신함으로 스스로를 지키고 나라 일을 스스로 책임지니, 내가 심히 아름답게 여겨 특별히 의복을 내리노라."라고 하였다.

병진년(명종 11, 1556)에 평안도 병마절도사에 임명되었으며 무오년(명종 13, 1558)에 교체되어 한양으로 돌아왔다. 9월에 제주목사에 임명되었는데 치적이 크게 드러났다. 신유년(명종 16, 1561)에 조정으로 돌아와 도총부 부총관이 되었는데 겨울에 병으로 사직하고 고향으로 돌아왔다.

임술년(명종 17, 1562)에 청송부사에 임명되었다가, 가을에 또 경상우도 병마절도사에 임명되었다. 겨울 11월에 병이 들어 오랫동안 낫지 않았는데 가정사에 대하여는 한 마디 언급도 없었고 다만 침상의 이불 위에 손으로 매양 '나라 국(國)'자(字)를 쓰셨다.

계해년(명종 18, 1563) 2월 15일에 군영에서 돌아가시니 향년 70세였다. 임금께서 부고를 들으시고 특별히 명하여 부의(賻儀)를 내리고 관리를 보내 장례를 돕게[侑祭] 하였다. 이해 5월 1일에 해안현 북쪽 내동리(內洞里) 서남 산록 증조부 묘 뒤 태좌(兌坐) 진향(辰向)의 언덕에 장사하였다.

공이 직장(直長) 송식(宋軾)의 따님에게 장가들어 2남을 두니 좌랑(佐郎) 두문(杜文)과 두장(杜章)이다. 3녀가 있으니 장녀는 참봉 채홍(蔡泓)에게 출가하였으며, 그 다음은 정위(鄭渭)와 박필종(朴必種)에게 출가하였다. 두강(杜綱)은 서자이다. 문사(文詞)로써 세상에 드러났다.

墓誌

姓名逸

公姓李氏, 諱榮, 字顯父, 永川人也. 考諱順孫 贈嘉善大夫吏曹參判妣月城崔氏 贈貞夫人祖諱潤根折衝將軍曾祖諱啓陽. 弘治 甲寅二月 初十日, 公生. 生而奇偉, 及冠, 器度宏遠, 勇略過人. 遂事弓馬, 頗有錯節之志. 正德九年甲戌秋 登第, 丙子 又中重試. 辛巳 自訓練奉事, 爲軍器奉事. 閱月陞馬直長. 嘉靖元年 爲訓練參軍, 由參軍爲訓練主簿, 拜司憲府監察. 甲申 除河東縣監, 戊子除藍浦縣監, 乙未 除丹城縣監. 所過居任, 未久而民思遺愛. 戊戌除安東判官, 公性本廉直, 頗爲同僚所忌憚. 因論事不合, 棄官歸第. 辛丑 除義州判官, 甲辰 除端川郡守. 乙巳 除定平府使, 在任四年, 廉謹恤民, 治著境內. 監司啓 聞, 特加通政, 己酉移拜慶源府使. 辛亥 陞嘉善, 拜會寧府使. 上以居官清簡, 特 賜表裏以旌, 癸丑 拜咸鏡南道兵使, 甲寅 拜咸鏡北兵使. 仁威並行, 胡人信服. 乙卯 入爲兵曹參判, 教書下褒曰, 爾之清白, 可與日月爭光. 以清慎自持, 以國事自任, 予甚嘉之, 特 賜衣服. 丙辰 拜平安道兵使, 戊午 遞歸入京. 九月 拜濟州牧使, 治績大著. 辛酉入爲都摠府副摠管, 冬辭疾歸鄉. 壬戌 拜青松府使, 秋又拜慶尚右道兵使. 冬十一月疾作彌留, 無一言及家事, 但以手每書國字於枕衾. 癸亥 二

月 十五日卒于營中，享年七十. 訃 聞特 命，賜賻遣官侑祭. 是年，五月 初一日，葬于解顏縣北 內洞里西南麓，曾祖墓後兌坐震向之原. 公娶直長宋軾之女，有二男，杜文佐郎，杜章. 有三女長適蔡泓參奉，次適鄭渭，朴必種. 庶子杜綱. 以文詞鳴於世.

묘갈명墓碣銘 서문을 함께 붙임

　우리나라의 중종과 명종조에 어진 인재가 많았는데 이들을 등용하여 정사(政事)를 펼 때 충량(忠亮)하고 청백(淸白)하며 문무를 겸비한 인재가 있었으니, 병조참판 괘편당선생 이공(李公)이 이와 같은 분이었다.

　공의 휘(諱)는 영(榮)이고 자(字)는 현보(顯父)로 홍치(弘治) 갑인년(성종 25, 1494)에 출생하여 가정(嘉靖) 계해년(명종 18, 1563)에 타계하시니 향년 70세이다. 대구부 북쪽 내동(內洞) 선영의 뒤 태좌(兌坐)의 언덕에 장사지냈으니 부인과 더불어 합봉(合封)이다.

　슬프다. 천도(天道)는 믿기 어려운데 공은 아들은 있었으나 손자가 없어 집안의 대가 끊어지게 되었다. 묘소에 옛날에 묘갈(墓碣)이 있었다고 하는데 없어져 언제 세웠는지 다 알 수 없으니 탄식하지 않으리오? 한(恨)이 되지 않으리오?

　근래에 공의 방손과 외손의 여러 집안에서 의견을 모아 흩어진 유적을 모아 바야흐로 실기를 간행하여 배포하고, 또 묘도의 의물(儀物)을 세우려고 성원(星源)에게 묘갈명을 부탁하였다. 성원이 보잘 것 없는 외후손으로 의리상 감히 비루하고 졸렬하다고 사양할 수 없었다.

　아! 지금 공이 사셨던 시대와 400여 년이란 오랜 세월이 흘렀다. 그 높은 위훈(偉勳)과 청백의 이름이 지금까지 전해져 향리와 이웃 고을에서 구비(口碑)로서 칭송되고 있으나77) 가정과 국가가 다 난리

---

77) 구전으로 전해지고 있는 것.

75

를 겪어 문헌이 기송(杞宋)에 불과하니78) 후인들이 지은 제가(諸家)의 문자가 서로 차이가 있으니 또한 능히 의심이 없을 수 없다.

삼가 당시에 지은 묘지(墓誌)와 달구지(達句誌), 수집한 고적(古蹟) 중에서 가히 믿을 수 있는 것을 바탕으로 관향과 생졸, 관리로 있을 때 나타난 이력을 살펴 간략히 서술한다.

공의 선조는 영천에서 나왔는데 고려 대장군으로 영양군(永陽君)79)에 봉하여진 휘(諱) 대영(大榮)이 상조(上祖)이다. 증조의 휘는 계양(啓陽)이고 할아버지의 휘는 윤근(潤根)으로 절충장군이다. 아버지의 휘는 순손(順孫)이니 가선대부 병조참판을 증직 받았으며 어머니는 월성최씨로 증정부인(贈貞夫人)이니 공의 귀함으로 인하였다.

공은 어렸을 때부터 뛰어나 사방(四方: 세상)에 뜻이 있었으며, 체구도 크고 용기와 지략이 남들보다 뛰어났다. 갑술년(중종 9, 1514)에 무과에 합격하였으며 병자년(중종 11, 1516)에 또 중시(重試)에 합격하였다. 무인년(중종 13, 1518)에 어머니의 상(喪)을 당하였다. 신사년(중종 16, 1521), 임오년(중종 17, 1522)에 훈련원 봉사(奉事), 군기시 봉사, 직장(直長), 훈련원 참군(參軍), 훈련원 주부(主簿), 사헌부 감찰(監察)을 역임하였다.

갑신년(중종 19, 1524)에 외직으로 나아가 하동현감이 되었으며 무자년(중종 23, 1528)에 남포현감에 제수되었다. 임진년(중종 27,

---

78) 『논어』, 권3 「팔일(八佾)」 제9장에 〈공자 말씀하시기를 "하나라의 예(禮)를 내가 능히 말할 수 있으나 기(杞)에 증거가 없었고, 은나라의 예(禮)를 내가 능히 말할 수 있으나 송(宋)에서 증거가 없었다. 문헌이 부족하기 때문이다. 문헌이 족하다면 내 능히 증거 할 수 있다.(子曰, 夏禮吾能言之, 杞不足徵也, 殷禮吾能言之, 宋不足徵也. 文獻不足故也.足則吾能徵之矣.)"라고 하였다.〉라는 말에서 취한 것임. 문헌이 부족한 것을 말함.
79) 영양(永陽)은 지금 영천(永川)의 옛 이름이다.

1532)에 아버지 참판공의 상을 당하였다. 상기(喪期)를 마친 후 을미년(중종 30, 1535)으로부터 을사년(인종 1, 1545)에 이르기까지 단성(丹城), 안동(安東), 의주(義州), 단천(端川), 정평(定平)의 수령으로 나아가 선정을 베풀었다. 통정대부와 가선대부에 올라 경원(慶源), 회령(會寧) 두 곳의 부사(府使)에 제수되었다.

계축년(명종 8, 1553)과 갑인년(1554)에 함경남북도 병마절도사에 임명되었으며, 을묘년(1555)에 병조참판에 임명되었다. 병진년(명종 11, 1556)에 다시 평안도 병마절도사로 나아갔으며, 무오년(명종 13, 1558)에 제주목사에 제수되었다. 신유년(명종 16, 1561)에 도총부 부총관으로 들어와 겨울에 병으로 사퇴하고 고향으로 돌아왔다. 임술년(명종 17, 1562) 봄에 청송부사에 제수되었으며, 가을에 경상우도 병마절도사로 옮겼다. 다음 해(1563) 봄에 병영에서 타계하였다.

공이 청렴하고 공정한 자질로 사랑과 은혜, 위엄과 신뢰의 덕으로 무릇 10곳의 주(州)와 군(郡), 4곳의 장수를 맡아 다 치적이 있었으며, 사람들이 재능이 있는 인재로 칭하였고 백성들은 청렴[清簡]한 은혜를 생각하였다. 계(啓)[80]를 올려 표창이 상신되었으며 여러 번 아름다운 포상의 은전(恩典)을 받았다.

이때 탐욕의 풍조가 크게 행해져 관직에 있는 자들의 뇌물이 날로 성하여 조정에서 특별히 신하들 중에 염근자(廉謹者) 43인을 선발하여 대궐의 뜰에서 연회를 베풀고 각기 단목(丹木)과 향초(香椒), 표리(表裏) 한 벌을 내렸으니 공이 그 가운데 한분이다.

그때에 선발된 사람은 한 시대의 어질고 능력 있는 사람이 많았는데 사람들이 다 부러워하였다. 관북지방은 본래 여진족의 옛 땅인데 변방으로 해마다 침략을 받았다. 당시에 니탕개(泥湯介)가 난을 일으

---

80) 임금에게 올리는 보고서.

켜 병사들을 이끌고 동쪽으로 건너왔다. 조정에서는 곧바로 공에게 명하여 진(鎭)의 북쪽 병영으로 가게 하였다. 공이 이르러 진(鎭)의 사졸(士卒)들을 어루만지고 격문(檄文)을 지어 이해(利害)와 화복(禍福)에 대하여 진술하여 탕개(湯介)에게 보내었다. 탕개가 격문을 보고 병사를 물리니 변방에 일이 없었으니 이는 평소에 공의 위엄과 신뢰에 두려워하고 복종하지 아니었다면 어찌 능히 이와 같을 수 있었겠는가?

장려하고 유시(諭示)하는 교서를 내려 말하기를 "그대가 나라 일을 스스로 책임지고 청렴하고 근신함으로 스스로를 지키니, 내가 심히 아름답게 여겨 특별히 의복을 내리노라."라고 하였다.

제주도로부터 임기를 마치고 거룻배를 타고 돌아오니 손안에 있던 편(鞭) 하나도 주(州)의 물건이라고 하고 관청의 벽에 걸어두고 돌아왔다. 백성들이 그 청덕(淸德)을 사모하여 그 당(堂)의 이름을 괘편당(掛鞭堂)이라고 하고 인하여 공의 호(號)로 삼았다.

공이 돌아가신 지 139년 숙종 신사년(숙종 27, 1701)에 사림의 공의(公議)로 사당을 세워 청백사(淸白祠)라 하고 제향을 드렸다.[81]

공이 김해송씨 직장(直長) 송식(宋軾)의 따님에게 장가들어 3남을 두었으니 두문(杜文)은 좌랑이고 두장(杜章), 두강(杜綱)이다. 3녀가 있으니 참봉 채홍(蔡泓), 정위(鄭渭), 박필종(朴必種)에게 출가하였다. 두문은 후사가 없다. 3녀가 있으니 감찰 김우용(金宇容), 정여해(鄭汝諧), 호군(護軍) 곽재겸(郭再謙)이 사위이다. 두장(杜章)도 후사가 없다. 참봉[蔡泓]이 3남을 두니 선교랑 응구(應龜), 습독(習讀) 응기(應

---

81) 청백사는 1729년(영조 5)에 백계에 처음으로 건립되었는데, 이때에는 묘소 곁에 사당을 세웠다. 현령 손단(孫湍: 1626~1713)이 지은 상향축문이 있다.

麒), 생원 응린(應麟)이다. 호군[郭再謙]이 1남을 두니 생원 용(涌)이다. 그 후손이 지금에 이르기까지 묘소를 보호하고 제사를 드리고 있다. 명(銘)을 합니다.

청렴하고 공정하며 지조가 굳고 곧아	廉公介貞
문무(文武)의 재능에 통하였네.	文武才通
변방의 진(鎭)에서 오랑캐를 물리치며	却胡鎭邊
한 번의 격문(檄文)으로 공로를 아뢰었네.	一檄奏功
괘편(掛鞭)을 하고 바다를 건너오시니82)	掛鞭渡海
돌아오는 뱃전에는 청풍이 가득했네.	滿般清風
임금께서 아름답게 여기시니	王曰嘉
이에 은혜가 더욱 두터웠네.	乃恩渥優隆
백양목이 있는 옛 언덕83)에	白楊古原
비석을 세우지 못하였는데	麗牲未遑
이에 시를 새겨 나타내니	爰刻顯詩
길이 세상에 향기가 흐르게 하옵소서.	永世流芳

외예손(外裔孫) 인천 채성원(蔡星源)84) 삼가 지음.

---

82) 제주목사로 있을 때의 사적.

83) 묘소를 말함. 옛날에 산소의 주변에 백양목을 심은 것에 유래함.

84) 외예손(外裔孫)은 외후손을 말한다. 채성원(1870~1932): 자는 사규(士奎), 호는 공산(公山), 본관은 인천이다. 사위 채홍의 3째 아들 생원 채응린(蔡應麟:1529~1584)의 후손으로 대구 동구 미대동에 거주하였다. 문집이 있다.

墓碣銘 幷序

我國家 中明之際, 賢才衆多, 彙征布位時, 則有若忠亮清白, 才兼
文武者, 兵曹參判 掛鞭堂先生 李公, 是也. 公諱榮, 字顯父, 生
以弘治甲寅, 卒于嘉靖癸亥, 享年七十. 葬于大邱府北 內洞 先塋
後 兌坐之原, 與夫人同塋合封. 噫. 天道難諶, 公有子而無孫, 家
世滄桑矣. 墓舊有碣云而成毀, 俱不知在何代, 可勝歎哉. 可勝恨
哉. 近歲, 公之傍孫及外孫諸家, 協議合契, 收拾斷爛遺蹟, 方刊
布實紀, 且圖賁餙墓道之儀, 屬星源以銘文, 以星源之忝在外裔之
列也. 義不敢以鄙拙辭. 嗚乎. 今去公之世, 四百年之久矣. 其甝
勳清名, 洋溢, 當世傳誦於鄕鄰里巷之口碑, 而但家國俱經亂離,
文獻杞宋, 後來之附錄諸家文字, 互相差謬, 亦不能無疑. 謹按當
時所撰墓誌與達句誌, 又探摭古蹟之可徵信者, 略叙鄕貫生卒及居
官履歷之表著者. 公之先出自永川, 高麗大將軍 封永陽君, 諱大
榮爲上祖也. 曾祖諱啓陽, 祖諱潤根, 折衝將軍. 考諱順孫, 贈嘉
善大夫 吏曹參判, 妣月城崔氏, 贈貞夫人, 以公貴也. 公自少犖
落, 有四方之志, 翰局宏遠, 勇略兼人. 甲戌 登武科, 丙子 又中
重試. 戊寅 丁內艱, 辛巳 壬午 歷訓鍊奉事, 軍器奉事, 直長, 訓
鍊參軍, 訓鍊主簿, 司憲府監察. 甲申 出爲河東縣監, 戊子 除藍
浦縣監. 壬辰丁參判公憂. 服闋後, 自乙未 至乙巳 歷宰丹城, 安

東, 義州, 端川, 定平, 以善治. 陞通政 嘉善, 除慶源, 會寧 兩府使. 癸丑 甲寅 拜咸鏡南北兵使, 乙卯 拜兵曹參判. 丙辰 復出爲平安兵使, 戊午 除濟州牧使. 辛酉 入爲都摠府副摠管, 冬辭疾歸鄉. 壬戌春 除青松府使, 秋移拜慶尚右兵使. 翌年春卒于營中. 公, 以廉公清慎之姿, 濟之以字惠威信之德, 凡十典州郡 四仗閫鉞, 皆有治績, 人稱幹能之才, 民懷清簡之惠. 褒啓上達, 屢蒙嘉賞之 恩數. 是時, 貪風大行, 居官者之贓汙, 日盛, 朝廷特選朝臣之廉謹者, 四十三人, 賜宴闕庭, 各賜丹木 香椒 及表裏一襲, 公其一也. 其被選者, 多一時之賢能人, 皆艷之. 關北素以女眞舊域, 歲被邊侵. 時, 尼蕩介作亂, 起兵東渡. 朝廷卽命公, 移鎮北營. 公至則撫鎮士卒, 爲檄陳利害禍福, 送于蕩. 介蕩介見而退兵, 邊塞遂無事, 此非公之威信素所服惕者, 安能如是哉. 下教獎諭曰, 汝以國事自任, 清慎自持, 予甚嘉之, 特 賜衣服. 自濟瓜還也, 扁舟撓颺, 手裏一鞭, 猶嫌州物, 留掛廳壁而歸. 民思其清德, 名其堂曰 掛鞭, 因以爲公號. 公沒後 一百三十九年, 肅廟辛巳, 因士論立祠曰, 清白, 俎豆而寓慕焉. 公娶金海宋氏, 直長軾女, 有三男, 杜文佐郎, 杜章, 杜綱. 三女適參奉蔡泓, 鄭渭, 朴必種. 杜文無嗣, 三女壻 監察金宇容, 鄭汝諧, 護軍郭再謙. 杜章無嗣. 參奉三男, 應龜宣教郎, 應麒習讀, 應麟生員. 護軍一男, 涌生員, 其後孫至今, 護丘壟修俗祀. 銘曰廉公介貞，文武才通．却胡鎮邊，一檄奏功．掛鞭渡海，滿船清風．
王曰嘉乃，恩渥優隆．白楊古原，麗牲未遑．爰刻顯詩，永世流芳．

外裔孫 仁川 蔡星源 謹撰．

괘편당掛鞭堂 이공李公의 유적 뒤에 쓰다

통판(通判) 이제(李穧)[85]

　청백리 참판 이공(李公)의 휘(諱)는 영(榮)이고 자(字)는 현보(顯父), 본부(本府: 대구) 사람이다. 무과에 선발되어 조정에 나아갔는데 청백(清白)과 정충(貞忠)으로 백년의 뒤에도 밝게 빛나니, 공의 재능과 덕이 진실로 문무(文武)의 법이 되는 데 사양할 수 없다.

　지난 가정(嘉靖) 연간 명종께서 일월과 빛을 다툰다는 표창을 내렸고, 중국[天朝]에서 '선비를 선발하는 책문(策問)의 제목[試士問策之題]'으로 삼았으니[86] 명성이 나라에 널리 알려졌고 이름이 천하에 들렸으니 어찌 위대하지 아니한가? 하물며 동전(東銓)에 있을 때 사람을 알아보는데 감복하였고[87], 남도(南島)의 목사[88]로 나아갔다 돌아왔는데 사람들이 채색한 괘편(掛鞭)에 참배하였고, 또 침상의 이불 위에 '나라 국(國)' 자(字)를 썼으니 임금을 사랑하고 나라를 염려한 충(忠)이 시종(始終) 같았음을 더욱 볼 수 있다.

　공의 방손(傍孫) 석번(碩蕃) 보(甫)[89]가 서울에서 벼슬을 할 때 일찍이 나에게 공의 청덕(清德)을 말한 적이 있었는데, 내가 듣고 부러

---

85) 통판은 대구부사임. 이제(1589~1631)는 1626년(인조 4) 7월에 부임하여 1631년 5월에 임지(任地)인 대구에서 타계하였다.

86) 시사(試士): 관직에 임용하기 위하여 선비들에게 보이는 시험.

87) 동전(東銓): 이조(吏曹)와 병조(兵曹)를 달리 부르는 말. 여기서는 공이 북병사로 있을 때 박필종의 일을 말한 것임.

88) 제주목사를 말함.

89) 주(註) 63참조. 보(甫)는 남자에 대한 미칭(美稱)이다.

위하였고 '집편(執鞭)하기를 원'하였다90). 바르도다! 근래에 『국조명
신록(國朝名臣錄)』과 또 본부(本府)의 읍지(邑誌)를 열람하고 그 기록
과 내가 들은 바가 일치되니 아! 가히 공경하리로다. 드디어 이와 같
이 써서 돌려보내노라.

---

90) 공을 흠모하여 공의 말을 모는 마부라도 되겠다는 의미.

書 掛鞭堂 李公 遺蹟後

通判 李穧

清白吏 參判李公 諱榮, 字顯父, 本府人也. 以武舉進於 朝, 清白
忠貞, 炳耀於百載之下, 則公之才之德, 固不讓於文武爲憲者也.
昔在嘉靖年間, 明廟降日月爭光之褒, 天朝有試士問策之題, 聲播
國中, 各聞天下, 何其偉也. 況其秉東銓, 而人服藻鑑, 牧南島而
民拜畫鞭, 又是枕衾國字, 尤可見始終愛君憂國之忠也. 公之傍孫
碩蕃甫, 宦遊京國, 嘗爲余誦公之清德, 余艷聽而有執鞭之願者.
雅矣. 閱 國朝名臣錄, 又考本邑誌其所記實, 與所聞者, 契, 吁,
其可敬也. 夫遂書以歸之.

참판 이선생의 행적 뒤에 쓰다

배원명(裵遠明)91)

내가 일찍이 『맹자(孟子)』 책을 읽다가 '백이(伯夷)의 풍성을 들은 사람은 탐부(貪夫)92)도 청렴하여 진다'는 말에 이르러 일찍이 세 번 반복하여 읽고 감탄하지 않음이 없었다. 대개 정사를 함에 청백(淸白)의 제도는 세속의 도(道)를 교화하기 위한 것이니 어찌 조금의 도움이 없겠는가?

내가 보건데 말세에 욕심의 물결이 세상에 가득하여 청렴의 풍속이 땅을 쓴 것 같은데, 이것은 다른 이유가 있어서가 아니라 세상에서 대개 옛 사람의 청풍(淸風)을 폄하하여 탐부(貪夫)로 하여금 청렴하지 못하도록 하기 때문이다.

나의 외선조 참판 이선생의 청백(淸白)은 즉 우리 동방의 천백 년(千百年)에 보기 드문 것인데 후생의 졸필과 고루한 견해로는 진실로 그 실적을 다 기록하기 어렵다. 대체로 세상에 이미 나타난 것으로 말한다면 영주(瀛州)93) 괘편당(掛鞭堂)이 여전히 불후(不朽)94)로써 세상에 전해지고 있다. 성주(聖主)95)께서 아름다운 일로 칭송하며 표

---

91) 배원명(1706~1790): 자는 내성(乃誠), 호는 봉암(鳳巖), 본관은 성주이다. 달천(達川) 배경가(裵褧可)의 후손으로 대구 동구 해안에 거주하였다.

92) 욕심이 많고 비루한 사람.

93) 제주도를 말함.

94) 영원히 없어지지 아니하는 것. 『춘추좌전(春秋左傳)』의 손숙표(叔孫豹)의 말로 삼불후(三不朽)는 입덕(立德), 입공(立功), 입언(立言)임.

창한 교서와 중국[大朝]에서 '선비를 선발하는 책문(策問)의 제목[試策之題]'이 완연하여 어제의 일과 같고 중화[華]와 우리나라[東]의 수백 년 뒤에도 기록되어 전파되었으니 여기에서 청백의 으뜸임을 상상할 수 있다.

슬프다. 여러 번 병화가 지나가서 문헌으로 증거할 수 없어 말속(末俗)의 사람으로 하여금 탐부(貪夫)가 청렴하여진 것을 분명히 보여줄 수 없었다.

공의 방손(傍孫) 영희(永喜)씨가 일찍이 그 선부형(先父兄)으로부터 구전되는 것을 수집하여 100개 중에 1, 2가지를 서술하였으나 오히려 이 글이 믿을 만한 것인지 신뢰할 수 없었다.

지난 을축년(숙종 11, 1685) 봄 2월 20일에 묘소에 사토(沙土)를 다시 하면서 묘소의 남쪽 가까운 곳에서 지석(誌石)을 얻었는데 이곳에 기록된 것과 영희씨가 찬술(撰述)한 것과 서로 부합하였다. 그런 연후에 비로소 영희씨가 여러 사람들로부터 전해들은 것이 믿을 수 있고 잘 기술된 것을 알 수 있었다.

숙종조 신사년(27년, 1701)에 전(前) 현령 손단(孫湍)과 전(前) 부사 서치(徐穉)96), 진사 조학(趙嚳)97), 진사 도이해(都爾諧)98) 등 여러 어른들이 연명으로 통문을 발송하여 전(前) 판결사(判決事) 이우

---

95) 명종 임금을 이름.

96) 서치(1640~1705): 자는 공실(公實), 본관은 달성이다. 31세(현종 11, 1670)에 무과에 급제, 삭주부사(朔州府使), 경원부사(慶源府使)를 역임하였다.

97) 조학(1650~1699): 자(字)는 차산(次山), 호(號)는 안계(顔溪), 본관은 함안이다. 진사시에 합격하였다. 동계(東溪) 조형도(趙亨道)의 증손으로 대구 동구 해안에 거주하였다.

98) 도이해(1655~1715): 자는 순거(舜擧), 본관은 성주이다. 진사시에 합격하였다. 대구의 서쪽 서촌에 거주하였다.

겸(李友謙)을 수창(首倡)99)으로 하여 둔곡(遁谷)에 사당을 건립하여 제향을 드렸다.100) 지금에 이르러도 공론이 없어지지 아니하고 사림들이 흠모하니 예손(裔孫)101)의 감송(感頌)이 어떠하겠는가?

선생의 청백은 일월(日月)과 더불어 다투고, 생시(生時)나 임종 시에도 나라를 근심한 충(忠)이 천백세에 이르도록 가히 민멸(泯滅)되지 아니하고, 또한 후인으로 하여금 탐부(貪夫)는 청렴하여지고 나부(懦夫)는 뜻을 세우게 하니102) 어찌 아름답지 아니한가?

---

99) 발의하는 사람의 대표.

100) 당시에는 관(官)의 허가를 받지 못하여 묘소 곁에 사사로이 사당을 건립한 것으로 보인다.

101) 공의 방손(傍孫)과 외손을 말함.

102) 『맹자』, 권10 「만장(萬章)」하(下) 제1장에 〈맹자께서 말하기를 "백이의 풍성을 들은 사람은 완부(頑夫: 완악한 사람)는 청렴하여지고, 나부(懦夫: 나약한 사람)는 뜻을 세우게 된다.(孟子曰 聞伯夷之風者, 頑夫廉, 懦夫有立志.)" 라고 하였다.〉라고 한 말이 있음.

書 參判 李先生 行蹟後

裵遠明

余嘗讀孟子書,　至聞伯夷之風者,　貪夫廉,　未嘗不三復而加歡也.
夫淸白之於爲政,　勵俗之道,　豈小補也哉. 余觀夫叔世,　慾浪滔天,
廉風掃地,　此無他,　世蓋乏古人之淸風,　而無以使貪夫,　廉也. 不
佞之外先祖　參判李先生之淸白,　卽吾東方千百載所罕覩,　則以後
生之拙筆陋見,　不可殫記其實蹟. 而槩以其己著於世者,　言之,　則
瀛洲之掛鞭堂,　尙爾留傳於不朽. 聖主褒善之敎,　大朝試策之題,
恍然若昨日事,　而瞻播於華東累百載之下,　則於此可想其淸白之出,
尋常萬萬. 而惜乎. 累經兵燹,　文獻無徵,　不能使末俗之人,　較然
覩其蹟,　而廉其貪矣. 公之傍孫　永喜氏,　嘗摭輯其所得於先父兄
口誦者,　以叙其萬一,　而猶未信是書之爲信筆也.　頃於乙丑之春
二月　二十日,　改莎墳墓,　得誌石於壙南咫尺之地,　其所記事,　與永
喜氏所撰述者,　相符然後,　始信永喜氏之博聞而又能善述也. 在
肅廟朝　辛巳　前縣令孫㵘,　前府使徐穉,　進士趙嵒,　進士都爾諧,
諸丈聯名發文,　前判決事李友謙,　首倡建祠于遁谷以爲妥靈之所.
至于今,　公論不泯,　士林之欣聳,　裔孫之感頌當謂何如. 先生之日
月爭光之淸,　死生憂國之忠,　可以不泯於千百世,　而亦使後之人,
廉貪而立懦矣. 豈不猗休哉.

괘편당실기 - 권 3

부록

통문通文

  선을 표창하고 아름다움을 드러내는 것은 옛날이나 지금이나 통하는 의리입니다. 사당을 세우고 향화(香火)103)를 드리는 것은 존경하고 높이는 떳떳한 법도입니다. 진실로 중망(重望)의 이름이 있으며 끝내 없어지지 아니하니 어찌 식자(識者)들의 개탄함이 있지 아니 하겠습니까? 이참판(李參判) 선생은 곧 일국(一國)의 이름난 수령으로 우리 고을에서 덕을 닦은 군자입니다. 청백의 덕(德)이 일월(日月)과 더불어 그 빛을 다투고, 충정(忠貞)의 지절(持節)은 우주에 드러나 없어지지 아니하니, 선을 표창하고 사당을 세우는 거사(擧事)를 어찌 그만둘 수 있겠습니까?

  슬프다! 세대가 비록 머나 사업은 어제와 같으니, 남주(南州)104)에 괘편당(掛鞭堂)이 우뚝하고 북쪽 변방 관문을 지키며 한 벌의 갓옷으로 오랑캐에게 은혜를 주었으니 어찌 다만 빙옥(氷玉)의 지조105)로 병한(屛翰)의 충성106)을 볼 수 있겠습니까? 하물며 청백(淸白)의 이

---

103) 제사, 즉 제향(祭享)을 말한 것임.
104) 제주도를 말함.
105) 청렴하고 아름다운 지조.
106) 담과 담의 양 가에서 이것을 지탱해 주는 기둥. 즉 나라의 기둥, 중추 (中樞)가 되는 신하.

름이 이미 중조(中朝: 명나라) 책문(策文) 시험의 제목[試策之題]에 나타나 있고 비궁(匪躬)의 정성107)은 아내를 잃고108) 애도하는 시에 더욱 잘 나타나 있습니다.

위엄과 신뢰가 이르러 요망한 적을 물러가게 하였고 선전관에게 행 낭을 조사하게 하니 행장이 초라하였으니, 이는 우리 동방 백대의 스 승이십니다. 마땅히 사당을 세워 천년에 이르도록 제향(祭享)을 드려 야 하거늘 공의(公議)가 이미 오래도록 이루어지지 아니하여 시축(尸 祝)109) 또한 행하지 못하였으니 이 어찌 우리 고을의 하나의 큰 흠결 이 아니겠습니까?

엎드려 바라건데, 여러 군자께서는 속히 일을 주관하는 사람을 세 워 동역(董役)할 수 있도록110) 해 주시면 심히 다행이겠습니다.

을미년(효종 6, 1655) 5월   일, 최동집(崔東集)111), 최동준(崔東峻) 등(等)

---

107) 비궁지절(匪躬之節)로 자신의 이익을 생각하지 아니하고 오직 국가의 일에 정성을 다하는 것을 말함.
108) 원문의 취구(炊臼): 취구지몽(炊臼之夢)의 줄인 말로 '절구에 밥을 짓 는 꿈'이란 뜻으로 '아내를 잃은 것'에 비유하는 말이다.
109) 봉안하여 제향을 드림.
110) 일을 주관하여 사당을 건립하는 것을 말함.
111) 최동집(1586~1661): 자(字)는 진중(鎭仲), 호(號)는 대암(臺巖), 본 관은 경주이다. 생원으로 경주최씨 대구 동구 옻골 입향조이다. 문집이 있 다.

通文

褒善揚美，古今之通誼．建祠注香，尊崇之常典．苟有重名而竟至湮沒則豈非有識者之慨然耶．惟我李參判先生，迺一國之名宰，而吾鄉之前修也．淸白之德，與日月而爭光，忠貞之節，亘宇宙而不泯，則褒善建祠之擧，烏可已乎．噫．世代雖遠，事業如昨，南州掛鞭有堂，歸然，北關守鑰，一裘蒙戒，豈但氷玉之操，可見屛翰之忠．而況淸白之名，已見於 中朝試策之題，匪躬之誠，尤著於炊臼悼亡之詩．而威信攸及，妖賊潮退，宣傳搜括，行李蕭然，寔吾東百世之師，宜原廟千載之亨，而公議久寂，尸祝亦闕，此豈非吾鄉之一大欠事耶．伏願，僉君子，速圖幹事之人，以爲董役之地，幸甚．

乙未 五月 日，崔東集 崔東峻 等．

통문通文

  우리 해안의 한 구역은 옛날부터 대구의 기북(冀北)112)이라 하였으니 그 이유는 무엇입니까? 홍유(鴻儒)와 석덕(碩德), 문무를 겸비한 인재들이 대대로 이어져 나타났기 때문입니다. 그 가운데 관직이 높고 이름이 드러난 사람으로 국승(國乘)113)에 기록된 분으로는 청백리 이선생(李先生)이 최고입니다. 선생께서는 분연히 무과(武科)로 발신(拔身)114)하여 청렴으로 중종조(中宗朝)에 10개의 군(郡)을 다스리고 4곳 성곽의 안절사(按節使)115)를 맡아 청백리로 이름이 나 천조(天朝: 명나라)에까지 알려져 후세에 향기를 드리우셨습니다.

  또 자연에서 덕을 숨기며 늙어서도 배우기를 좋아하여 위기지학(爲己之學)에 전념한 분으로는 송담(松潭) 채선생116)과 괴헌(槐軒) 곽선생117)이 있습니다. 두 분 선생께서는 다 퇴도선생(退陶先生: 퇴계 이황)의 사숙문인(私淑門人)으로 덕은 있었으나 일명(一命)118)이 없었습니다. 비록 세상에 드러나지는 아니하였으나 풍속을 좋게 하

---

112) 중국 기주(冀州)의 북쪽. 좋은 말의 생산지로 인재가 많은 것에 비유함.
113) 나라의 역사서.
114) 관직에 나아감.
115) 병마절도사를 말함.
116) 채응린(蔡應麟: 1529~1584)을 말함. 자는 군서(君瑞), 호는 송담(松潭), 본관은 인천이다. 생원으로 계동 전경창, 임하 정사철과 더불어 조선 중기 대구유학을 전개한 세 분 선생 중의 한분이다. 쾌편당의 외손자임.
117) 곽재겸(郭再謙: 1547~1615): 자는 익보(益甫), 호는 괴헌(槐軒), 본관은 현풍이다. 임진왜란 때 팔공산에서 창의하였으며, 연경서원에서 통강(通講)을 실시하였음. 쾌편당의 손서(孫壻)임.
118) 벼슬에 임명되는 것.

고 교화시키는데 많은 도움을 주셨습니다. 지금 백여 년이 지났는데 자손들의 정성이 부족하였고 사림(士林)들도 경황이 없었음을 탄식합니다.

내가 이 고을에서 생장하여 더욱 경앙(景仰)의 회포를 이기지 못하여 이에 감히 통문을 발하오니, 엎드려 원하건데 첨존(僉尊)께서는 사람으로 인하여 말을 폐하지 마시고[119] 마음을 합쳐 힘을 내어 빠른 시간에 삼현(三賢)을 사당에 모시어 후학들을 권면한다며 어찌 심히 다행이 아니겠습니까?

기묘년(숙종 25, 1699) 3월 일, 진사 조학(趙嶨)

---

119) 『논어』, 권15 「衛靈公」 22장에 〈공자 말씀하시기를 "군자는 말로써 사람을 천거하지 아니하고 사람으로 인하여 말을 폐하지 아니한다.(子曰 : 君子不以言擧人, 不以人廢言) 라고 하셨다."라는 말이 있음.

通文

惟我解顏一區, 古稱大邱之冀北, 何也. 鴻儒碩德, 才兼文武者,
連代繼出, 不爲不多而若位高名顯, 事載國乘者, 清白吏 李先生,
最也. 先生慨然, 拔身於靮餙, 以清介潔行, 當
中廟朝, 佩竹十郡, 按節四閫, 清白著聞, 名達 天朝, 香播後世.
且隱德邱園, 老而好學, 做爲己之學者, 惟松潭蔡先生, 槐軒郭先
生也. 兩先生, 俱是退陶松淑諸人, 而有德無命. 雖不章顯于世,
而有補於風化者, 多矣. 迨令百載之下, 子孫乏揭虔之力, 士林有
未遑之歎矣. 不侫, 生長茲土, 尤不勝景仰之懷, 茲敢發文, 伏願,
僉尊, 勿以人廢言, 同心出力, 亟立三賢祠, 以勉後學, 豈不幸甚.

己卯 三月 日, 進士 趙嚚.

통문通文

우리 고을에 재능이 문무를 겸비하고 행실이 청백리로 사람으로 하여금 백대 후에도 흥기하게 하는 분은 고(故) 참판 괘편당 이선생이 이분이십니다. 선생께서는 무과에 합격하여 벼슬에 나아가 두 번이나 북쪽 변방에서 장군을 역임하셨고, 한 번 동전(東銓)120)하여 빙얼지성(氷蘗之聲)이 있었으며121), 멀리 중국에까지 들렸습니다. 부지런히 충(忠)을 행한 지조(志操)는 국승(國乘)에 자세하게 실려 있으니, 옛 사람이 이른바 '사당에서 제사 드릴만한 분'이라 하였으니 어찌 이분이 아니겠습니까?

한강 정선생께서 일찍이 '가르침을 민멸(泯滅)시킬 수 없다'라고 하셨는데 욕의(縟儀)를 행하여 사당에 배향하지 못하고 오히려 적막하니 이것은 우리 고을의 수치가 아니겠습니까?

엎드려 원하옵건데, 첨존(僉尊)122)께서는 특별히 일을 주관하는 사람을 정하여 존봉(尊奉)할 곳123)으로 삼는다면 천 번 만 번 다행이겠습니다.

신사년(숙종 27, 1701) 8월 일, 전(前) 현령 손단(孫澶), 전(前) 부사 서치(徐穉), 진사 조학(趙嚳), 진사 도이해(都爾諧) 등.

---

120) 동전(東銓): 이조(吏曹)와 병조(兵曹)를 달리 부르는 말. 여기서는 공이 병조참판을 역임한 것을 말함.
121) '얼음 속을 비집고 나오는 싹'이란 의미로 청렴을 의미함. 청백리의 명성.
122) 높으신 여러 어른.
123) 사당 즉 묘우(廟宇)를 말함.

通文

吾鄉, 有才全文武, 行至淸白, 使人興起於百代之下者, 故參判 掛鞭堂 李先生, 其人也. 先生以武擧進, 再仗北鉞, 一秉東銓, 氷蘗之聲, 遠聞於華夏. 忠勤之節, 昭載於 國乘, 則古人所謂, 可祭於社者, 豈不在斯人歟. 竊聞 寒岡 鄭先生, 嘗有不可泯滅之敎, 而縟儀未擧, 尸祝尚寂, 此非吾鄉之所羞耶. 伏願, 僉尊, 特定幹事之人, 以爲尊奉之地, 千萬幸甚.

辛巳 八月 日, 前縣令孫湍 前府使徐穉 進士趙嚚 進士都爾諧等.

98

통문通文

　엎드려 생각건대 어진 이를 높이고 덕을 숭상함은 모든 사람들이 동일하게 여기는 바입니다. 사당에 모시고 제향을 드리는 것은 예나 지금이나 통용되는 의리입니다. 옛 말에 이르기를 "향선생(鄕先生)께서 타계하시면 사당에서 제향을 드리는 것은 가하다."고 하였는데, 사당에서 제사를 드리는 아름다운 전범(典範)을 사림(士林)들이 소중히 여기는 바입니다.

　고(故) 참판 괘편당 선생 이공(李公)께서는 공적이 사승(史乘)에 기록되어 있고 이름이 한 나라에 가득합니다. 청백의 곧은 지조가 멀리 중국[中華]에까지 전파되었으니 남긴 유풍(遺風)은 후인들에게 감동을 주어 백대(百代) 후에도 큰 사표가 될 것입니다. 그 경모(景慕)의 정성은 먼 곳이나 가까운 곳이 다르지 않습니다.

　오직 이 해안의 한 구역은 선생의 고향[桑梓]124)이며 유허지(遺墟地)이니, 오늘날 후생자(後生者)들의 큰 감화와 갱장(羹墻)의 추모함이 마땅히 어떠하겠습니까? 그러나 지금까지 오히려 욕의(縟儀)를 거행하지 못하여 우리 사림들이 한(恨)으로 여기는 바이며 그렇게 하지 못한 것을 길 가는 사람들도 가리키며 탄식을 일으키게 합니다.

　생등(生等)은 이에 제향(祭享)에 대한 논의를 발의하여 장차 사당을 건립하고자 하니, 이 어찌 우리 고을만의 아름다운 일이겠습니까? 실로 사문(斯文)의 성대한 의례입니다.

　엎드려 바라옵건데, 여러 군자께서는 한 목소리로 힘을 더하여　이

---

124) 상재(桑梓): 자란 곳, 즉 고향이란 의미임. 옛날에 집의 담 밑에 뽕나무와 가래나무를 많이 심었으므로 향리의 집 또는 고향을 이름.

대사가 돈독하게 이룩된다면 천 번 만 번 다행이겠습니다.

신사년(숙종 27, 1701) 9월   일, 조학(趙塋), 이경조(李敬祖) 등.

通文

伏以 尊賢尚德, 秉彝之所同也. 立祠注香, 古今之通義也. 古語曰, 鄉先生歿而可祭於社, 祭社美典, 士林所重. 惟我 故參判 掛鞭堂先生 李公, 功載史乘, 名滿一國. 而清白貞操, 遠播中華, 遺風餘韻, 感動後人, 百世之下, 特爲師表, 其景慕之忱, 想無異同於遠邇矣. 惟此解顏一區, 自是先生桑梓之墟, 則爲今日後生者, 觀感之深, 羹墻之慕, 尤當何如哉. 然而, 縟儀之擧, 尚今闕然, 吾林之所齎恨而未遑者, 行路之所指點而興嗟者也. 生等, 茲發祭社之論, 將營立祠之擧, 此豈獨茲鄉之美. 事實爲斯文之盛儀. 伏願, 僉君子, 齊聲出力, 以敦大事, 千萬幸甚.

辛巳 九月 日, 趙嚚 李敬祖 等.

통문通文

　신하된 사람이 나라에 공로가 있으면 반드시 포숭(褒崇)의 은전이 있습니다. 온 세상이 다 흙탕물 속에 빠졌을 때에는 청백리의 이름이 가장 빛납니다. 이 공로가 있으며 이 이름이 있는데 민멸(泯滅)되어 칭송되지 않는다면 어찌 세상 사람들이 개탄하지 않을 것이며 우리 고을의 수치가 아니겠습니까?

　참판 이선생(李先生)은 그 마음으로 말한다면 깨끗한 얼음과 백옥과 같고 그 재능으로 말한다면 간성(干城)으로 조아(爪牙)[125]입니다. 10년 동안 변방에서 야인들을 방어하였고 명예를 바라지 아니하였으나 중국에까지 알려졌으며 당세(當世)에 빛남이 있어 임금의 은혜를 크게 받아 고금의 명신들과 다름이 없었습니다.

　지금에 이르러 세상에 전해지지 않음을 세상 사람들이 개탄하니 묘소 아래 사당을 건립한다면 백세의 후에도 공의(公議)가 없어지지 않을 것이며 천년의 뒤에도 청백리의 청풍(淸風)이 전해질 것이니 우리 고을의 큰 행복이며 퇴폐의 풍속이 일어날 때 무엇이 이를 막을 수 있겠습니까?

　엎드려 원하옵건데, 첨존(僉尊)께서는 동성(同聲)으로 서로 응하여 논의가 분열됨이 여망(輿望)에 부응한다면 천 번 만 번 다행이겠습니다.

　정해년(숙종 33, 1707) 6월　일, 박세경(朴世經) 등.

---

125) 어의(語義)는 '손톱과 어금니'인데 나라를 수호하고 보좌하는 사람을 말함.

通文

人臣之有功於國家, 而必有褒崇之典. 擧世之盡入於沙泥, 而最著
淸白之名. 有是功有是名, 而湮滅不稱, 則豈非今世之所慨, 而本
鄕之所羞耶. 惟我 參判李先生, 以言其心, 則氷淸而玉白, 以言其
才, 則干城而爪牙. 十載關防邊人, 不近名達 中朝, 有光當世, 而
聖明之眷, 顧倚重, 無異, 古昔之名臣. 則至今無傳於世, 世人所
慨惜, 若於封塋之下, 就建芬苾之所, 則百世之後, 公議不泯, 千
載之下, 淸白流傳, 吾鄕之大幸, 頹俗之所激, 孰有加於此哉. 伏
願, 僉尊, 同聲相應, 無有岐議, 以副輿望, 千萬幸甚.

丁亥 六月 日, 朴世經 等.

103

통문通文

우리 참판선생 이공(李公)의 곧은 충성과 큰 절개, 맑은 덕과 아름다운 명성은 명종 임금으로부터 포숭(褒崇)의 은전(恩典)을 입어 이미 국승(國乘)과 승람(勝覽)에 나타나 유풍(遺風)이 백세에 전해지고 격려(激勵: 장려)하는 바가 깊으니 이분은 실로 우리 고을의 향선생(鄕先生)이십니다.

『예기(禮記)』에 말하기를 "향선생께서 돌아가시면 사당에서 제향함이 가하다."라고 하였습니다. 그러한 즉 선부로(先父老)께서 사당을 세울 논의를 해온 것이 이미 오래되었으나 초기에는 힘이 미치지 못하였고, 또 법령의 엄함으로 인하여 사당을 짓다가 중단함이 반복되니 사림(士林)들이 한으로 여김이 마땅히 어떠하겠습니까?

요즈음 연경서원의 모임[齊會]126)에서 사림의 의논이 한결같이 일어나 모두 다 백원철향(百源腏享)127)의 뜻으로 서로 발의하여 정성을 다하니, 이른바 "도모하지 아니하여도 합일되었다."라고 한 것과 같습니다. 슬프다! 충신은 반드시 효자의 가문에서 구한다고 하였으니 충효가 일치함이 이와 같습니다.

한 고을에서 생장하여 백세토록 감동을 주니 사당에 함께 모신다면 덕은 외롭지 않을 것입니다. 만일에 이 논의가 원만하게 이루어져 이 일이 성취된다면 아! 어찌 아름답지 않겠습니까?

원하옵건대, 첨존께서는 빨리 채시(采施)128)를 더하여 여론에 부응

---

126) 재회(齊會): 한대(漢代)에 천자와 재후가 종묘에 제사를 지낼 때의 모임. 여기서는 사당 건립을 위한 모임을 의미함. 재회(齋會)로도 씀.
127) 효(孝)로서 제향을 드림. 효는 백행의 근원[百行之源]에서 취한 말임.

하신다면 심히 다행이겠습니다.

　임신년(영조 28, 1752) 3월　일, 연경서원 유생(儒生) 도헌(都瀗), 서익세(徐翊世), 양대관(楊大觀), 이인제(李仁濟), 최지석(崔祉錫), 서영(徐瑛), 서맹린(徐孟麟), 손언성(孫彦成), 정석복(鄭碩福), 손언장(孫彦章), 서도원(徐道元), 전여권(全汝權), 서창경(徐昌慶), 채시묵(蔡時黙), 우명휴(禹命休) 등.

---

128) 의견, 요구 등을 알림. 여기서는 '널리 알림'의 의미임.

通文

惟我 參判先生李公, 貞忠大節, 清德令譽, 旣蒙 明廟褒崇之典,
己著國乘及勝覽, 遺風百世激勵者, 深焉, 此實吾鄉, 鄉先生也.
記曰, 鄉先生歿而可祭於社. 然則, 自先父老立享之議, 其來已久,
而初緣勢力之不逮, 且當令甲之有嚴, 建祠瓣香, 作撤無常, 士林
慨然, 當何如哉. 令於研經齊會之日, 士論齊起, 咸以百源腏享之
意, 交發而孚, 此所謂不謀而同者也. 噫. 求忠臣必於孝子之門,
忠孝一致者, 此也. 生幷一鄉, 曠感百世, 則同廟並享, 德不孤矣.
若使此議旣圓, 此事旣就, 則豈不猗歟休哉. 惟願僉尊, 亟加採施,
以副輿論, 幸甚.

壬申 三月 日, 研經書院 儒生 都濾 徐翊世 楊大觀 李仁濟 崔祉
錫 徐瑛 徐孟麟 孫彥成 鄭碩福 孫彥章 徐道元 全汝權 徐昌慶
蔡時黙 禹命休 等.

통문通文

　우리 고을에 고(故) 참판 이선생의 청백은 국승(國乘)과 승람(勝覽)에 자세히 실려 있으니, 비록 백대의 뒤에라도 가히 탐부(貪夫)는 청렴하여 지고 나부(懦夫)는 뜻을 세우게 될 것인데 오히려 민멸(泯滅)되어 전하지 아니한다면, 어찌 우리 고을에서 크게 개탄할 일이 아니겠습니까.

　게건(揭虔)129)의 논의가 일찍이 선부로(先父老)께서 발의하였으나 진실로 물력을 갖추지 못하여 오히려 숭봉(崇奉)의 의례130)를 행하지 못하였습니다. 지난번 선부로께서 서원을 건립하여 사당에서 제향을 하려고 논의하여 땅을 고르고 일을 시작함에 이르러 중단되어, 시작은 하였으나 마침을 보지 못하여 지금도 탄식하며 애석해 하고 있습니다.

　옛날의 논의를 이어 이 아름다움을 성취하기 위하여 후생들이 계술(繼述)의 도131)를 이루어야 할 것입니다. 따라서 이 서원의 회의석상132)에서 발문을 하여 교당(校堂: 향교)에 받들어 알리니 모름지기 여러 군자께서는 특별히 선을 좋아하는 정성으로 크게 공의(公議)를 베풀어 빨리 향중(鄕中)에 통지하여 지금부터 일을 시작할 수 있도록 해 주신다면 크게 다행이겠습니다.

---

129) 정성을 드린다는 의미로 사당의 건립에 대한 논의.
130) 제향을 말함.
131) 선대의 일을 계승하여 이룸.
132) 이 서원은 연경서원임.

신축년(정조 5, 1781) 5월   일, 정홍필(鄭弘弼), 배원성(裵遠晟), 배원휴(裵遠休), 구만범(具萬範), 서탁(徐琸), 채시침(蔡時沉), 채시제(蔡時濟), 곽원택(郭元澤), 손백형(孫百亨), 서문복(徐文復), 최관석(崔觀錫), 서양복(徐陽復), 곽유택(郭有澤), 전방한(全邦翰), 구창한(具昌漢), 서질(徐瓆), 류양선(柳養善) 등.

通文

吾鄉, 故參判李先生之淸白, 昭載於國乘及勝覽, 雖百代之後, 可使貪夫廉懦夫立, 則尙此泯滅而無傳者, 豈非吾鄉之大可慨然者耶. 揭虔之議, 曾有先父老所發, 而苟綠物力之未辨, 尙闕崇奉之儀. 在昔先父老, 倡發表院, 傍廟之議, 至於開基始事之境, 事有牽掣, 有始無終, 至令所歎惜者也. 而追循舊議, 成就厥美者, 亦有得於後生, 繼述之道. 故, 玆於院會之席, 發文奉告校堂, 望須僉君子, 特推好善之誠, 大張, 公共之議, 亟通鄉中, 趁今始事之地, 幸甚.

辛丑 五月 日, 鄭弘弼 裵遠晟 裵遠休 具萬範 徐琸 蔡時沉 蔡時濟 郭元澤 孫百亨 徐文復 崔觀錫 徐陽復 郭有澤 全邦翰 具昌漢 徐瓚 柳養善 等.

본원 통문本院 通文[133)

　우리 패편당 이선생은 밝은 해와 그 빛을 다투는 지조(志操)와 청풍쇄설(淸風灑雪)의 절조(節操)[134)로 백세의 뒤에라도 회자(膾炙)되고 전해져 칭송될 분입니다. 이 청백의 사우(祠宇)를 돌아보건대 산골짝 좁은 곳에 위치하여 근래에 비가 내린 후 기와에 물이 쓰며들고 바닥의 기둥이 썩어 한 개의 나무도 지탱하기 어려워 전복될 우려가 급박하여 조석(朝夕)에 있으니, 이 어찌 우리 고을에서 크게 탄식하고 애석해 할 일이 아니겠습니까?

　지난 재회(齋會)의 자리에서 공의(公議)를 한결같이 발의하여 장차 이건할 계획을 세웠습니다.

　바라건대 모름지기 첨존(僉尊)께서는 빨리 일을 주관할 사람을 선정하여 이 역사(役事)가 이루어진다면 크게 다행이겠습니다.

　경진년(순조 20, 1820) 10월　일, 서유흥(徐惟興), 이형섭(李亨燮), 서경(徐橄), 구숙(具橚), 최문진(崔文鎭), 채정직(蔡廷直), 이시석(李時碩), 우성진(禹聲鎭) 등.

---

133) 본원은 청백사(淸白祠)이다.
134) 깨끗한 청백의 지조를 말함.

本院 通文

惟我掛鞭堂李先生，白日爭光之節，清風灑雪之操，膾炙傳誦
於百世之下. 而顧玆清白祠宇，處在山谷偪則之地，挽近雨水
之餘，材瓦之滲漏，柱礎之朽傷，類非一木所支，而傾覆之憂
迫在朝夕，此豈非吾鄉之大可慨惜處耶. 頃於齊會之席，公議
齊發，將營移建之計. 望須僉尊，亟定幹事之員，以爲竣役之
地, 幸甚.

庚辰 十月 日, 徐惟興 李亨燮 徐橄 具橚 崔文鎭 蔡廷直 李
時碩 禹聲鎭 等.

향교 통문鄕校 通文

　엎드려 생각하건대, 청백리 참판 이공(李公)의 사당을 세워 제향하려는 논의가 이미 백여 년 전에 발의되어 비로소 전년에 이르러 제향의 성대하고 훌륭한 의례를 볼 수 있었으니 사림들의 경사가 어떠하겠습니까? 그러나 사당을 세운 곳이 깊고 험준한 지역으로 산은 높고 골은 깊어 그 장소가 비좁아 여름과 가을의 비바람에 혹 헤아리지 못하는 근심135)이 있을까 염려되었습니다.

　가만히 생각건대 해안지역은 선생의 장리지소(杖屨之所)136)로 남긴 향기가 오히려 이 동네 골짜기의 초목에도 미쳤습니다. 다시 좋은 터를 정하여 가히 천 백년의 영구한 계획을 세워야 합니다. 엎드려 원하옵건대, 첨존(僉尊)께서는 속히 날을 정하여 이건을 기약한다면 천만 다행이겠습니다.

　정미년(정조 11, 1787) 2월　일, 배원성(裵遠晟), 채진택(蔡鎭宅), 전필방(全必方), 손언환(孫彦煥), 서도수(徐道洙), 최흥인(崔興仁), 류인후(柳寅垕), 채시연(蔡時淵), 양준(楊濬), 채사학(蔡師學), 전방한(全邦翰), 채시호(蔡時琥), 곽원택(郭元澤), 구정한(具禎漢), 전방혁(全邦赫), 채사관(蔡師觀), 곽리택(郭利澤), 양력(楊櫟), 서질(徐瓆), 서창오(徐昌五), 류양선(柳養善), 배광태(裵光泰), 채원협(蔡元協), 정원택(鄭元宅), 여상정(呂象鼎), 채홍택(蔡弘澤), 이동간(李東幹), 손양록(孫養祿), 김응렴(金應濂) 백효원(白孝源) 등.

---

135) 붕괴. 무너지는 것.
136) 나서 자란 곳.

鄕校 通文

伏以 清白吏 參判李公, 立享之議, 已發於百餘年之前, 而始得揭處於前年, 可見盛儀之有數, 而士林之慶幸, 何如哉. 第其立祠之地, 處在窮峽, 山高谷深, 基址偪側, 夏秋風雨, 恐或有不虞之患. 竊惟解顔, 自是先生杖屨之所也, 遺芬餘馥, 尚被草木於此洞壑. 更卜吉地, 則庶可圖千百年永久之計矣. 伏願, 僉尊, 速定日子, 以爲及期移建之地, 千萬幸甚.

丁未 二月 日, 裵遠晟 蔡鎭宅 全必方 孫彦煥 徐道洙 崔興仁 柳寅壆 蔡時淵 楊濬 蔡師學 全邦翰 蔡時琥 郭元澤 具禎漢 全邦赫 蔡師觀 郭利澤 楊櫟 徐璝 徐昌五 柳養善 裵光泰 蔡元協 鄭元宅 呂象鼎 蔡弘澤 李東幹 孫養祿 金應濂 白孝源 等.

정 도백장呈道伯狀[137]

엎드려 생각건대, 고(故) 참판 청백리 이선생(李先生) 영(榮)은 곧 우리 조정의 명신으로 본부(本府: 대구) 사람입니다. 그 훈공(勳功)과 청덕(淸德)은 이미 국승(國乘)과 『여지승람(輿地勝覽)』에 실려 있습니다. 지금 다 기술하지 못하고 그 대강을 취하여 합하(閤下)의 집무실에 올립니다.

엎드려 원하옵건대, 합하(閤下)께서는 자세히 살펴주시기 바랍니다. 대개 선생께서는 중종과 명종의 두 조정에서 열 곳의 주읍(州邑)을 맡으셨고 네 곳의 장수(將帥)를 맡으셨습니다. 관(官)에 계시면서 백성을 사랑한 은혜와 나라를 위해 적을 방어한 충(忠)을 일일이 다 열거할 수 없습니다. 이보다 먼저 북쪽의 오랑캐가 매년 침범하여 약탈하고 세력이 강성하여 제지할 수가 없었습니다. 조정에서 특별히 공에게 명령하여 북병사(北兵使)로 삼았습니다. 공은 사졸(士卒)들을 어루만지고 먼 곳에 있는 사람들을 회유하고 위엄과 신뢰를 병행하여 변방에 일이 없었습니다.

명종께서 하교(下敎)하여 포상(褒賞)을 내리면서 말하기를 "그대는 청렴하고 근신함으로 스스로를 지키고 나라의 일을 스스로 책임지니 내가 심히 아름답게 여겨 특별히 의복을 내리노라."라고 하셨습니다.

일찍이 제주도로 부임하여 임기를 마치고 돌아올 때 행낭이 비었습니다. 다만 편(鞭) 하나가 있었는데 이것도 오히려 주(州)의 물건이라 하여 동각(東閣)에 걸어두고 왔습니다. 주(州)의 사람들이 그의 청렴

---

137) 관찰사에게 올리는 글. 도백(道伯)은 관찰사의 다른 명칭임.

을 나타내고자 그 당(堂)에 걸어두고[138) 괘편당(掛鞭堂)이라고 하였습니다. 청백리(淸白吏)의 명성이 멀리 중국에까지 알려졌으며, 지금까지 남긴 향기가 사람들의 이목(耳目)을 아름답게 하고 있습니다.

이러한 까닭으로 향리의 선배들이 크게 공의(公議)를 발의하여 사당을 세워 제향을 드리려고 계획하였습니다만 물력이 부족하여 오히려 향사를 실시하지 못하고 있으니 사림(士林)들이 흠결로 여기며 탄식한지 어제 오늘이 아닙니다. 이에 연전에 원근의 사림들이 가지런히 논의를 발하여 도모하지도 아니하였는데 같아져서 바야흐로 묘우(廟宇)를 건립하여 흠모의 정성을 붙였습니다. 오직 이 조두(俎豆)의 향사는 막중한 대사입니다. 이에 감히 함께 호소하옵니다.

엎드려 원하옵건대, 합하(閤下)께서는 이 소장의 글을 살피시어 연유를 갖추어 임금님께 아뢰어 충(忠)으로써 정려(旌閭)를 내려 여망에 회답하여 주신다면 심히 다행이겠습니다. 생등(生等)은 어찌할 바를 알지 못하여 삼가 우매함을 무릅쓰고 아뢰나이다.

임오년(숙종 28, 1702) 2월 일, 진사 조학(趙㘶) 등.

---

138) 그가 근무하던 정청(政廳)을 말함.

呈 道伯狀

伏以 故參判 清白吏李先生 榮, 乃我 朝名臣而本府人也. 其勳功清德, 已載國乘, 及輿地勝覽. 令不可盡述, 姑撮其大槩, 而仰塵于閤下之庭. 伏願, 閤下細垂察焉. 蓋先生, 當中明兩朝, 十典州邑四按閫節, 其居官愛民之惠, 爲國扞禦之忠, 不一而足. 先是, 北胡連年侵掠, 勢強難制, 朝廷特命, 公爲北兵使. 公撫士卒, 懷遠人, 威信幷行, 邊塞無事. 明廟下敎褒賞曰, 爾以清慎自持, 國事自任, 予甚嘉之, 特 賜表裏. 曾莅濟州, 瓜歸時, 行橐枵然. 惟有一鞭, 猶嫌州物, 留掛東閣. 州人表其廉潔, 揭其堂號曰, 掛鞭. 至於清白之名, 遠聞中華, 至今, 遺芬剩馥, 艷人耳目. 是以, 鄉道先輩, 大張公議, 已定立祠, 揭虔之計, 而物力殘薄, 尚闕享祀之儀, 士林欠歎, 匪今斯今, 乃於年前, 遠近士論, 齊發共奮, 不謀而同, 方構廟宇, 以寓欽慕之誠. 而惟是俎豆之享, 寔莫大之重事. 玆敢齊聲仰籲. 伏願, 閤下察此狀, 辭具由上達, 以旌忠績以答輿望, 幸甚. 生等, 不勝屛營之至, 謹冒昧以陳.

壬午 二月 日, 進士 趙嚳 等.

116

정 예조장 呈禮曹狀[139]

  엎드려 생각건대, 본향(대구)의 청백사(淸白祠)는 즉 고(故) 참판 청백리 괘편당 이공(李公) 휘(諱) 영(榮)을 모신 사당[妥靈][140]입니다. 공은 곧 우리 조정의 명신으로서 그 청백(淸白)의 이름과 위대한 행적은 『국조명신록』과 『여지승람』에 자세히 기록되어 지금까지 사람들의 이목(耳目)을 환하게 비추어주고 있습니다.

  엎드려 원하옵건대, 합하(閤下)께서는 잘 살펴주시기 바랍니다. 공께서는 태어날 때부터 뛰어나 재능은 문무(文武)를 겸비하였습니다. 주군(州郡)을 여러 번 맡으셨고 두 번 북쪽의 변방을 맡았습니다.

  명종조에 북쪽의 오랑캐들이 강성하여 그 세력을 제어할 수 없었습니다. 조정에서는 특별히 그에게 북병사에 명하였는데 청렴한 공이 정사를 함에 은혜와 위엄을 병행하여 오랑캐들이 감히 가까이 오지 못하였습니다.

  후에 병조참판으로 불렀는데 임금께서 평소에 청백하다는 이름을 들으시고 선전관으로 하여금 중로(中路)에 행장을 점검하게 하였는데 다만 헤진 이불 한 채만이 있었을 뿐이었습니다. 임금께서 감탄하시고 하교(下敎)하여 말하기를 "그대의 청백(淸白)은 가히 일월과 더불어 빛을 다투도다. 청렴하고 근신함으로 스스로를 지키고 나라 일을 스스로 책임지니, 내가 심히 아름답게 여겨 특별히 의복을 내리노라."라고 하고 충신의 행적을 나타내셨습니다.

  일찍이 제주도로 부임하여 임기를 마치고 돌아올 때 행낭에는 오직

---

139) 예조에 올리는 글.
140) 타령(妥靈): 제향을 드리는 곳. 즉 사당임.

편(鞭) 하나만 있었는데 이것도 오히려 주(州)의 물건이라 하여 동각(東閣)에 걸어두고 왔습니다. 주(州)의 사람들이 그의 청렴을 나타내고자 그 당(堂)에 걸어두고[141] 괘편당(掛鞭堂)이라고 하였습니다.

임종하는 날에도 매양 침상의 이불 위에 손으로 '나라 국(國)' 자(字)를 써셨으니 나라를 위한 정성이 죽음에 이르러서도 쇠퇴하지 아니하였음을 더욱 가히 볼 수 있습니다.

그런데 청백리의 명성이 멀리 중국에까지 들려 책문(策問)의 시험 제목으로 사용되었으니 이것은 중국과 우리나라 수백 년의 역사상에 보기 드문 일입니다. 한강(寒岡) 정선생께서 일찍이 사당에서 제향을 드려야 한다는 논의를 발하여 판결사 이공(李公) 우겸(友謙)이 사당을 건립하여 지금까지 수백 년 동안 춘추로 향관(享官)[142]이 생폐(牲幣)[143]를 드렸습니다.

근래에 제향을 중지하게 되었으니 실로 사문(斯文)의 흠이며 사림들이 마음 아파하고 있습니다. 이에 감히 천리를 달려와 한결같은 목소리로 호소를 하옵니다.

엎드려 원하옵건대, 합하(閤下)께서는 조정에 상달하시어 포가(褒嘉)의 전교를 내려 유림(儒林)들의 존봉(尊奉)의 뜻을 굽어 살펴주십시오. 봄가을 제수를 관(官)에서 공급할 수 있도록 해당 관청에서 내려 주시면 사문(斯文)의 영광이겠습니다.

---

141) 그가 근무하던 정청(政廳)을 말함.
142) 헌관(獻官)을 말함.
143) 제사를 지낼 때 갖추는 제물과 폐백.

병자년(순조 16, 1816) 5월   일, 유생(儒生) 유학(幼學) 서유민(徐有敏), 이동간(李東幹), 구승한(具昇漢), 채필훈(蔡必勳), 진사 서억(徐檍), 서숙(徐橚), 도석규(都錫珪), 유학(幼學) 우행진(禹行鎭), 곽주인(郭柱寅), 손학진(孫鶴振), 최연(崔淵) 등.

제(題)144)에 말하기를 "괘편당의 청백과 위대한 행적이 국승(國乘)과 여람(輿覽)에 분명히 수록되어 있고 오랫동안 관에서 공급하여[官供]145) 고을에서 향사를 지내왔는데 어떤 이유로 그만둘 수 있으리오. 많은 선비들이 올린 글[呈文]과 감영과 읍(邑)의 제어(題語)가 이와 같고, 다른 도(道)에서도 고을의 향사를 그만둔 많은 곳에서 다시 제향을 드리고 있으니 관공(官供) 등의 절차는 전에 거행한 것에 의거하여 마땅히 행할 일.

---

144) 임금 또는 관(官)에서 내리는 답변.
145) 관공(官供): 비용이나 물품 등을 관아에서 제공하는 것.

呈 禮曹狀

伏以, 本鄉淸白祠, 卽故參判 淸白吏 掛鞭堂 李公 諱榮, 妥靈之所也. 公迺我 朝名臣, 而其淸名偉蹟, 昭載於 國朝名臣錄, 及輿地勝覽, 至今, 炳朗照人耳目. 伏願, 閣下垂察焉. 公生而奇偉, 才全文武. 歷典州郡, 再仗北鉞, 當

明廟朝, 北虜鴟張, 勢莫制遏. 朝廷特命爲北兵使, 廉公爲政, 恩威並行, 胡人不敢近. 後, 以兵曹參判 召還, 而自 上素聞其淸白之名, 使宣傳官點閱行裝於中路, 只有一獘衾而已. 上嗟歎而下敎曰, 爾之淸白, 可與日月爭光, 以淸愼自持, 國事自任, 予甚嘉之, 特賜衣服, 以表忠績. 曾莅濟州, 瓜歸行裝, 惟有一鞭, 猶以州物爲嫌, 留掛東閣. 州人表其廉潔, 揭其堂號曰, 掛鞭. 及其臨歿之日, 每以手書國字於枕衾, 其爲國之忱, 至死不衰, 尤可見矣. 若夫淸白聲名, 遠聞 上國, 至有策試之題, 此可謂華東數百載, 簡冊上, 所罕覯者也. 寒岡 鄭先生, 曾發祭社之議, 判決事李公友謙, 刱設建宇, 迄于今數百年而春秋享官, 封牲幣. 近因停輟者, 實爲斯文之欠典, 士林之抑鬱. 玆敢跋涉千里, 齊聲仰籲, 伏願, 閣下仰軆朝家, 褒嘉之敎, 俯念儒林尊奉之義. 春秋祭需, 官供之意, 行會該官, 以光斯文事.

丙子 五月 日, 儒生 幼學 徐有敏 李東榦 具昇漢 蔡必勳 進士 徐檍 徐橚 都錫珪 幼學 禹行鎭 郭柱寅 孫鶴振 崔淵 等.

題曰, 掛鞭堂之淸白偉蹟, 昭載於國乘, 及輿覽, 年久鄕祠官供, 緣何停輟, 多士之呈文, 營邑之題語如此, 他道鄕祠之停輟處, 多有復享者, 官供等節, 依前擧, 行宜當向事.

청백사 상량문淸白祠上樑文

백계(栢溪)146)에 세웠을 때

백세(百世)에 아름다운 명성이 전해지니 후인들의 감흥이 무궁하고, 한 지역에 사당을 여니 옛 고향 제향을 드리는 곳이라. 오랫동안 이루지 못한 일을 비로소 거행하니, 이에 없었던 성대한 의식을 보는 도다.

고(故) 참판 괴편당 이선생은147)

해동(海東: 우리나라)의 세가(世家)요, 교남(嶠南: 영남)의 화벌(華閥)이라. 천부적인 아름다운 자질로 마음은 빙옥(氷玉)과 같이 깨끗하셨고, 지위와 명망은 심히 높아 기개(氣槪)는 서리와 눈같이 매서운 것을 업신여겼네.

종각(宗慤)148)이 장풍(長風)으로 물결을 일으키는 뜻을 가지고 젊은 나이에 향기를 내었고, 반생(班生)149)이 만리 땅의 제후로 봉하여

---

146) 지금의 백안을 말하는데 한자의 표기에는 차이가 있다. 이세형의 문집에는 백안(白岸)으로 되어 있는데 지금은 백안(百安)으로 쓰고 있다.

147) 이 구절의 앞에 있는 원문 홍유(洪惟)는 구(句)의 첫머리에 쓰는 어조사.

148) 남조(南朝) 송(宋) 남양(南陽) 사람. 진무장군(振武將軍), 예주자사(豫州刺史)를 역임함.

진 형상이 있어서 약관에 붓을 던졌네. 문무를 겸비한 인재라고 할 수 있고, 자태는 강유(剛柔)를 겸비하였음을 볼 수 있겠네.

천양(穿楊)을 통찰함은150) 송(宋) 조빈(曹彬)151)의 남긴 사적과 같고, 시와 예를 익힌 것은 진(晋) 각곡(卻穀)152)의 평소 능함과 같네. 청유녹야(靑油綠野)153)의 시는 일세(一世)를 회자(膾炙)하였고, 백마의 붉은 명정의 시구는 천추에 슬픔을 더하네.154)

조정의 위명(偉名)에 이르러서는, 자신을 지킴이 더욱 엄정함을 볼 수 있었네. 북쪽 관문(關門)에서 부월(斧鉞)을 짚어 오랑캐를 복종시켰으니 이목(李牧)155)의 위엄과 명망이었고, 남주(南州)에서 괘편(掛鞭)을 하니 섬 백성이 감탄하였으니 공규(孔戣)156)의 청렴이라.

행랑 속의 해진 이불은 거북을 놓아 주었던[放龜] 고풍(高風)157)일 뿐만이 아니요, 벽 위에 집으로 바른 상자는158) 송아지를 머물게 하였던[留犢] 청렴한 절개159)라 말하리라. 이로서 청렴의 명성이 저절

---

149) 한(漢)의 반초(班超), 문인의 길을 걷다가 무인의 길로 들어선다는 의미.
150) 사위 박필종의 일을 말함.
151) 송(宋)의 영수(靈壽) 사람. 활을 잘 쏘는 것을 말함.
152) 춘추시대 진(晋)의 장군으로 시서(詩書)에 능하였다.
153) 청유기름을 바른 장막, 청유막(靑油幕), 즉 군영.
154) 공이 부인에게 한 만사를 말함.
155) 전국시대 조(趙)나라의 명장(名將).
156) 당(唐)나라 사람. 예부상서를 역임함.
157) 진(晋)나라 산음(山陰) 사람 공유(孔愉)가 잡혀있는 거북이를 사서 물에 놓아 주고 보은을 받아 출세를 하였다는 고사.
158) 편(鞭)을 걸어둔 상자가 낡으면 고운 비단으로 바른 것을 말함.
159) 중국 삼국시대 위(魏)의 시묘(時苗)와 진(晋)의 양호(羊祜)가 부임을 할 때 몰고 온 소에게서 난 송아지를 이임할 때 두고 떠났다는 고사에서 유래. 관직생활의 청렴을 이르는 말.

로 드러났고, 점차로 아름다운 소문이 크게 나타났네.

밝은 해와 빛을 다툰다는 포상의 임금 교서가 밝게 걸렸고, 청풍쇄설(淸風灑雪)에 비유함은 공의(公議)를 속일 수 없네. 나부(懦夫)가 뜻을 세우고 완부(頑夫)가 청렴하여지니 대부분의 무리들이 마음을 바르게 하였고, 소문을 들은 자는 사모하고 만나 본 자는 감복하니 자신을 고집하는 사람이 없었네.

자연히 지나간 사적을 진술하니, 메아리가 되어 점점 멀리 이르네. 사람을 비추는 남긴 향기 없어지지 아니하고 오랫동안 베푼 법에 합치되었고, 덕을 사모하는 무리들의 정이 쇠퇴하지 아니하여 오랫동안 사당의 배향에 대한 논의가 있었네. 시작하려고 하였으나 때가 맞지 않아 매양 옮기지 못함을 탄식하였는데, 이에 터가 좋은 때와 합치되어 비로소 건립의 모임을 하였네.

이 매화정(梅花亭)의 유지(遺址)160)를 생각하니, 곧 팔공산의 깊은 구역이라. 뒤에는 첩첩이 산이 에워싸 빙 둘러 있고, 앞에는 숲이 깊고 골짜기엔 맑은 물이 흐르네. 소용돌이치는 물의 좌우에 띠처럼 비치고, 샘물은 달고 비옥한 토지가 가까이 있네.

묘소에는 영령께서 오르내리는 것 같고, 고향에는 선인이 남긴 자취에 배회하고 있는 것을 진실로 알겠네.

이에 터가 알맞게 합치되었고 하물며 주인이 희사(喜捨)하기를 원함에랴. 옛터에 나아가161) 바로 개척하는데 어찌 귀식(龜食)의 연

---

160) 공의 아우 별좌공(휘 華)의 호는 매헌(梅軒)이고, 그의 아들 이수천(李壽千)의 호는 매정(梅亭)이다. 이수천은 문과에 급제하여 연안부사와 대사간을 역임하였다. 이것으로 보아 이곳에 공의 집안 정자인 매화정이 있었던 것으로 보인다. 청백사는 이 매화정의 터에 건립하였던 것을 알 수 있다.
161) 여기에서 옛터라고 한 것은 매화정이 있던 곳이어서 이와 같이 칭한 것으로 보임.

유162)를 기다리랴?

새로 묘우를 지으니, 새가 날개를 펼친 것 같네. 뭇 백성들이 풍문(風聞)을 듣고 공사장으로 달려가니 실로 남긴 덕이 사람들을 감동시켰음을 알 수 있고, 많은 선비들이 경전(經傳)을 놓고 공사 감독함을 볼 수 있으니 사람들의 사모하는 뜻을 볼 수 있네.

누가 가시나무와 개암나무 있는 땅임을 알리오, 다시 제향(祭享)하는 장소로 만들었네. 안에서 보니 의식의 범절이 삼엄하고 환하니 당실(堂室)이 우뚝한 것 같고, 밖에서 살펴보니 규모가 바르고 빛나니 산천이 달라 보이네.

오르고 내림에 제향을 올리는데 어려움이 없고, 깨끗한 언덕의 층계는 이 물가에 질서가 있네. 백년 만에 성대한 의식을 겨우 이루니, 일대의 봉우리들이 소리를 듣고 다 솟아나는 듯 하네.

욕의(縟儀)를 누차 거행하지 못하였는데, 많은 선비들의 안타까움을 거의 이루었네. 묘우(廟宇)가 하루아침에 세워지니, 응당히 길가는 사람도 경견함이 일어나게 하네. 행료(行潦)로 헌작하며 남은 향기가 맑고 깨끗한 제향이 상상되고, 동우(棟宇)를 바라보며 위대한 공열을 길이 생각하며 우러러 받드네.

아! 위적(偉績)을 진술하여 창(唱)을 하여 이에 양송(梁頌)을 하나니

어영차 들보를 동쪽으로 던지니
용봉(龍峰)의 빼어난 경치가 영롱하게 들어오네.
뭇 봉우리가 의미 있게 와서 서로 에워싸

162) 거북점을 쳐서 길지(吉地)를 정함.

산속의 조그마한 집을 보호하고 있구나.

어영차 들보를 서쪽으로 던지니
옥같이 서 있는 왕산(王山)163)에 비취색이 나지막하게 떠 있네.
묘소를 바라보니 멀지 않는데
백양목이 소슬하고 초목은 처량하구나.

어영차 들보를 남쪽으로 던지니
갈령(葛嶺)의 푸른 솔에 백설이 덮혀 있네.
완연히 당년 청백리의 지조를 대하고 있는 듯
풍성을 들은 사람 백세토록 탐부(貪夫)가 청렴하여지네.

어영차 들보를 북쪽으로 던지니
공산의 푸른색이 오르는 듯 하구나.
계곡에 흐르는 물 솟아나 깨끗하여 티끌이 없고
맑은 물결 옆에서 나의 갓끈을 씻어내네.

어영차 들보를 위로 던지니
달이 바람과 함께 이르러 다함이 없네.
청렴의 일반적인 의미를 알고자 한다면
마음[靈臺]에서 일어나는 물결 제방으로 막아야 한다네.

어영차 들보를 아래로 던지니
산이 흐르는 물을 에워싸고 물은 들을 에워싸네.

---

163) 고려 왕태조의 고사가 있는 산.

요산요수(樂山樂水)의 취미가 무궁하니

시험 삼아 묻노니 누가 인자(仁者)며 지자(智者)라 하리오.

엎드려 바라건데 상량(上樑)을 한 후에,

신귀(神鬼)가 꾸짖고 금지하고, 하늘과 땅이 부축하고 보호하여, 제향이 중단되지 않게 하소서. 선생의 기풍은, 산은 높고 물의 근원이 긴 것과 같습니다. 묘우(廟宇)가 길이 보존되어, 후학의 사모가, 바다처럼 깊고 황하수처럼 넓게 하소서.

이름과 행실을 닦아 유풍(遺風)을 우러러 사모하게 하시고, 탁한 세상 맑게 하시고 나쁜 풍습을 막아 자신을 규율하게 한다면, 오당(吾黨)에 빛이 날 뿐만이 아니라, 또한 밝은 시대를 도울 것입니다.

지금 임금(영조) 5년(1729) 기유(己酉) 12월 임오(壬午), 외후손 광릉(廣陵) 이세형(李世珩) 근찬(謹撰).164)

---

164) 이 상량문은 이세형(1685~1761)의 『서헌문집(恕軒文集)』에 〈백안 청백사 상량문(白岸 淸白祠 上梁文)〉이란 제목으로 수록되어 있다. 석담(石潭) 이윤우(李潤雨)의 현손이다.

清白祠 上樑文 栢溪

流百世之芳譽 後人之興感無窮, 闢一區之靈宮 舊鄉之揭處有所. 始擧久遠之欠典, 聿覩曠絶之盛儀. 洪惟故參判掛鞭堂李先生, 海東世家, 嶠南名閥. 天姿旣美 襟期凝氷玉之清, 地望甚高 氣槩凌霜雪之屬. 宗慤抱長風破浪之志 妙齡馳芬, 班生有萬里封侯之形 弱冠投筆. 可謂才全文武, 且看姿兼剛柔. 洞札穿楊 宋曹彬之餘事, 敦詩說禮 普卻穀之素能. 青油綠野之吟 膾炙一世, 白馬丹旌之句 悲切千秋. 至若立朝之勳名, 尤見持身之嚴正. 北關仗鉞邊人服 李牧之威望, 南州掛鞭島民歡 孔戣之廉潔. 篋裏弊襖 不啻放龜之高風, 壁上紗籠 寧論留犢之清節. 是以廉聲之自著, 馴致令聞之大彰. 白日爭光之褒聖教昭揭, 清風灑雪之喩公議不誣. 懦夫立而頑夫廉, 率多革心之輩. 聞者慕而見者服, 自無炙手之人. 居然往蹟之已陳, 以致餘響之漸遠. 照人之遺馥未泯久合施法之科, 慕德之羣情不衰久有妥靈之議. 擧嬴時詘每切遷就之歎, 地叶辰良聿得經始之會. 念玆梅花亭遺址, 乃是八公山奧區. 疊幛層巘拱抱於後, 前林深而谷邃清流. 激湍映帶於左右, 泉甘而土肥密邇. 松楸疑有英靈之陟降迫近, 桑梓必經先躅之徜徉固知. 玆土之合宜況有主人之願捨, 就舊墟而載拓何待龜食之由. 啓新廟而乃營, 仍成鳥革之制. 庶民聞風而趨役實由遺德之感人, 多士釋經而董工可見

128

衆心之慕義. 誰知荊榛之地, 便作俎豆之場. 入其中而儀範森嚴煥然堂室之如践, 察乎外而規模整節恍爾山川之改觀. 登降祼薦之無愆肅肅其禮, 廉阿階級之有位秩秩斯干. 百年之盛典纔修, 一代之羣聽皆聳. 縟儀未擧於屢歲, 幾致多士之齊嗟. 廟宇遽新於一朝, 應有行路之起敬. 酌行潦而是享想象皎皎之遺芬, 瞻棟宇而長懷欽仰磊磊之餘烈. 聊陳偉唱爰擧脩梁, 兒郎偉 抛梁東, 龍峰秀色入櫺櫳, 羣巒有意來相拱, 護得山中一畝宮. 兒郎偉 抛梁西, 玉立王山翠戴低, 壽藏入望知不遠, 白楊蕭瑟草凄凄. 兒郎偉 抛梁南, 葛嶺蒼松白雪函, 宛對當年清節操, 聞風百世可廉貪. 兒郎偉 抛梁北, 騰騰公岳青蒼色, 溪流瀉出淨無塵, 可濯吾纓清浪側, 兒郎偉 抛梁上, 月到風來無盡藏, 欲識一般意味清, 靈臺欲浪須堤防. 兒郎偉 抛樑下, 山圍溪水水圍野, 樂山樂水趣無窮, 借問誰爲仁智者. 伏願上樑之後, 神呵鬼禁, 天扶地護, 祀事不替. 先生之風, 山高水長. 廟宇永存, 後學之慕, 海深河廣. 砥名礪行攀遺風而翹心, 激濁揚清挽汙俗而律己, 非但增光於吾黨, 抑亦有裨於明時.

上之五年 己酉 十二月 壬午, 外裔 廣陵 李世珩 謹撰.

봉안문(奉安文)

익찬(翊贊)　최홍원(崔興遠)[165]

산악의 신령스러운 기운이 모여	山嶽鍾靈
깨끗한 얼음과 백옥 같았네.	氷淸玉白
청백은 일월과 빛을 다투었고	爭光日月
내직과 외직을 두루 역임하셨네.	內外歷職
생시(生時)나 임종시에도 나라 걱정하시고	死生憂國
일심(一心)으로 충을 행하셨네.	一心忠赤
사적은 국승(國乘)에 자세히 실려 있고	昭載國乘
방책(方冊)에 보기 어려운 사적이라.[166]	罕觀方冊
탐부는 청렴하고 나부는 뜻을 세우게 하니	貪廉懦立
임금의 은혜와 포상이 내리셨네.	恩褒累降
중국에서 책문(策文)의 제목으로 사용하고	天朝問策
아름다운 향기 영원토록 흐르네.	流芳百億
우리나라의 바른 풍모(風貌)요	東國風雅

---

165) 최홍원(1705~1786): 자(字)는 태초(太初)·여호(汝浩), 호(號)는
　　백불암(百弗庵), 본관은 경주이다. 대암 최동집의 5세손으로 옻골에 거주하
　　였다. 문집이 있다.
166) 국승(國乘)과 방책(方冊)은 모두 역사서를 말함.

슬픈 만가(挽歌) 몇 곡조 남아 있네.	哀詞數闋
사람들의 이목(耳目)에 전파되었고	播人耳目
손에 있던 편(鞭) 한 개도 관청 벽에 걸어 두셨네.	手裏一鞭
괘편(掛鞭)한 후에 색이 바래면 채색을 하고	掛後畫壁
제주의 백성들이 울면서 추모하였네.	島民追泣
유풍이 후세에 전하여졌으나	遺風在後
욕철(縟腏)167)을 행하지 못하였네.	尚稽縟腏
슬프게 여기지 아니함이 없었네	莫不嗟惜
사림들이 단절됨을.	士林斷斷
거의 60여 년이 지났으나	幾回年甲
경모하는 마음 더욱 간절하였네.	景慕愈切
이에 사당의 건립을 논의하니	爰謀建祠
규모가 바로 합치되었네.	規謨正合
백계(栢溪)는 넘실대는데	栢溪洋溢
건립을 시작하니 바로 이루어졌네.	經始匪今
옛날부터 봉안하려고	措置在昔
선배들께서 힘을 기울이셨네.	先輩用力
신위(神位)가 이미 이루어지고	神位旣成
묘우(廟宇)는 날아갈 듯하네.	廟宇有翼
백년 만에 오늘 저녁	百年令夕
신령께서 임하신 듯하네.	靈若儼臨

---

167) 욕의(縟儀)와 같은 의미임.

방불(彷彿)함을 엿봄에 감격하여   覵其彷彿
사모하는 정이 더욱 돈독하구나.   感慕采篤

상향축문常享祝文

현령(縣令) 손단(孫湍)[168]

충은 넉넉하고 또한 정성스러웠으며   忠逌亦愊

청렴은 일월과 밝음을 함께하였네.   淸並白日

일심(一心)으로 곧고 청백하시고   一心廉貞

백세의 아름다운 법을 세우셨네.   百世懿則

이에 중춘(추)을 맞이하여   玆値仲春(秋)

좋은 날 하정(下丁)에,   涓吉下丁

삼가 희생(犧牲)과 폐백(幣帛)으로 제향을 드리오니   謹以牲幣

영명하신 신령께서는 밝게 이르소서.   昭格明靈

---

168) 손단(1626~1713): 자는 심원(深源), 호는 졸암(拙菴) 본관은 일직이
　　다. 32세(효종 8, 1657)에 생원시에 합격, 35세(현종 1, 1660)에 문과에
　　급제하여 연일, 고성현령 역임하였다. 현감 문탄(聞灘) 손린(孫遴: 1566~
　　1628)의 손자로 대구 수성에 거주하였다.

청백사 상량문淸白祠 上樑文

심계(心溪)로 옮긴 때

서원의 터가 좁아 풍우를 막지 못함을 오래도록 탄식하였는데, 묘우를 새로 지으니 천석(泉石)이 기다리고 있음을 비로소 알았네. 터를 정하고 집을 지으니, 오래지 않아 이루어졌네.

엎드려 생각건대 청백리 괘편당 선생은

달성(達城: 대구) 북쪽의 명가(名家)요, 교남(嶠南: 영남)의 화벌(華閥)이라. 문장이 일찍이 성취되어 향시에 세 차례 합격하여 이름을 떨쳤는데, 기량(器量)이 만성(晩成)하여 무과로 뜻을 바꾸었네. 활을 잡고 붓을 던지니 어찌 다만 무부(武夫)의 인재리오, 옥을 품은 깨끗한 얼음과 같은 마음 진실로 군자라 칭할 수 있다네.

열개의 군을 맡아 다스리니 백성들이 흥기하여 노래하고, 네 곳의 장수를 맡으니 위엄과 신의가 북쪽 변방에 드러났네. 남쪽 관아(官衙)에 괘편(掛鞭)을 하시니 사람들이 사모하여169) 생사당(生祠堂)을 건립하였고, 동전(東銓)에서 정사를 할 때 세상에서 수경(水鏡)과 같이 깨끗함을 칭송하였네.

---

169) 원문의 동향(桐鄕): 선정을 베푼 관리를 백성들이 사모하는 것을 말함. 한(漢)의 주읍(朱邑)이 동향의 관리가 되어 선정을 베푼데서 연유.

사냥을 하던 날 박필종에게 행장을 꾸려 돌아가게 한 선견지명에 다 감복하였고[170], 능히 한 자(尺)를 가득채운 격문으로 니탕개의 흉봉(兇鋒)을 물러가게 하니 대의가 드러남을 더욱 징험할 수 있었네. 백마단정(白馬丹旌)의 만시(挽詩)는 기국(箕國)의 군영[171]에서 회자(膾炙)되었고, 청유류영(靑油柳營)의 만시(挽詩)가 녹야당에 전파되었네.

명종께서 여러 번 포상을 내렸는데 사적은 국승(國乘)에 실려 있고, 천조(天朝)에서 또한 과거책문의 제목으로 하였으니 명성이 멀리 중국에까지 들렸네.

사당의 건립은 백여 년 전 신사년(辛巳年)에 한강 정선생께서 제향을 논한데서 비롯되었고, 제향은 2월과 8월 하정(下丁)에 드리니 덕수(德水) 장명부(張明府)가 폐백을 드린 전범(典範)을 회복하였네.

이 청백사의 터를 생각하니

오래도록 산골짝 좁은 곳에 있어서, 매양 모래에 쓸려 내려갈까 근심하였네. 묘우가 험준한 곳에 있으나 백세토록 존봉(尊奉)하였는데, 지형이 기울어져 진실로 기둥 하나도 지탱할 수 없었네. 선부형(先父兄)께서 탄식하였으나 수년간 중건을 논의하지 못하였고, 후예들은 해가 지나도록 대책이 없이 매양 옮길 탄식만 하였네.

이에 사림(士林)들의 의견을 모아

---

170) 사위 박필종이 사냥을 나가서 한 마리의 새도 잡지 못한 날. 이 날이 모친의 상여가 나가던 날이었음.
171) 기국의 군영은 평안도 병영을 말하는데 여기서는 함경도 병영을 칭한 것으로 보임. 위 만시는 부인의 상여를 남쪽 고향으로 보내며 지은 시임.

어른들에게 널리 묻고 길지(吉地)를 점쳐 심계(心溪) 위에 터를 정하니, 산은 높고 물은 깊은데 공장(工匠)이들이 팔공산 산중에 있는 자재를 운송하였네.

기둥은 옛것을 사용하고 서까래는 새것으로 하니

원근(遠近)의 여러 군자들이 소문을 듣고 와서 도우니 유덕(遺德)이 사람들을 감화시켰음을 가히 상상할 수 있고, 좌우(左右)의 백성들이 쟁기를 놓고 와서 공사를 감독하니 더욱 뭇사람들이 사모하는 뜻을 볼 수 있네.

나무꾼들이 어찌 사당을 알리오, 갑자기 조두(俎豆)의 장소를 지었네. 당실(堂室)이 잘 지어져 다시 모래바람에 피해 입을 염려가 없고, 제복(祭服)을 잘 갖추어 엄숙하게 제향을 드릴 것을 기약하네.

묘우가 새롭게 혁신되니 산천이 새롭게 보이고 천년의 터이니, 비로소 한 시대의 장관이라 춘추의 제향 쇠하지 말지니라. 모든 것이 새것으로 이루어져 경건히 제향을 올리며, 아! 짧은 창(唱)을 불러 양송(梁頌)을 도우노라.

어영차 들보를 동쪽으로 던지니
많은 산봉우리 허공에 우뚝 솟아 있네.
장절공(壯節公)의 유적이 동수(桐藪)에 전하고 있으니
사람들이 천년에 이르는 동안 장절((壯節) 신공(申公)172)을 추모하였네.

---

172) 고려 태조 때 팔공산 동수전투에서 왕태조를 대신하여 전사한 신숭겸 장군을 말함.

어영차 들보를 서쪽으로 던지니

도덕산(道德山) 세 봉우리가 하늘과 가지런하네.

둔곡(遯谷)의 묘소와 멀지 않음을 알겠으니

의관(衣冠)을 묻은[173] 옛 산록 백양목(白楊木)이 쓸쓸하네.

어영차 들보를 남쪽으로 던지니

갈영(葛嶺)의 높은 곳에 맑은 기운 서려있네.

상재구거(桑梓舊居)[174]의 사람들이 공경하니

청렴의 유풍(遺風) 백세토록 전해지리라.

어영차 들보를 북쪽으로 던지니

팔공산이 높이 솟아 검푸르게 길게 늘어서 있네.

충장공(忠壯公)[175]의 빼어난 신령이 왕래하는 듯하니

기운은 산맥이 되어 남국(南國)을 누르고 있네.[176]

어영차 들보를 위로 던지니

밝은 해가 중천(中天)에서 빛을 발하고 있네.

선생의 청절(淸節)이 후인들에게 전해지고

임금의 교서(敎書)에 밝게 나타나 있으니 잊을 수 없구나.

---

173) 묘소를 말함.
174) 고향의 옛 고을.
175) 영천이씨 대구 입향조 이보관(李甫款)의 형 이보흠(李甫欽: ?~1457)
   을 말함. 순흥부사로 금성대군과 함께 단종 복위를 꾀하다가 실패하여 사사
   됨. 시호는 충장(忠壯).
176) 팔공산의 산록이 남쪽으로 뻗어 있음을 형용한 듯함.

어영차 들보를 아래로 던지니

심계(心溪) 맑은 물이 폭포수처럼 솟아나네.

천석(泉石)이 아름다운 이곳 하루아침에

큰 목수와 야장(冶匠)이 큰 집을 이루었네.

엎드려 원하옵건데, 상량(上樑)한 후에

묘우(廟宇)가 오래도록 보존되어 백세의 긍식(矜式)[177]으로 여기며, 사당의 일이 쇠퇴하지 않고 팔궤(八簋)[178]의 제수로 제향 드리게 하소서.

나라에 충을 행하고 가정에 효도하여 후손들에게 그 청백의 기풍을 남겨주니, 사계절 현가(絃歌)[179]를 부르고 많은 선비들 임금님 생각하게 하소서. 후인들이 다만 상덕(象德)[180]를 생각하게 할 뿐만이 아니라, 아! 또한 하여금 밝은 시대 치세(治世) 되게 하소서.

숭정(崇禎) 기원후(紀元後) 신사년(순조 21, 1821)[181] 맹춘(孟春: 1월) 하완(下浣: 하순), 방후손(傍後孫) 문환(文煥)[182] 근찬(謹撰).

---

177) 본보기 삼음.

178) 제기(祭器)의 종류.

179) 거문고를 타고 시를 읊음. 백성들이 칭송하는 소리.

180) 상덕정수(象德定水)의 줄인 말로 높은 인격을 의미함.

181) 숭정 기원후 사신사(四辛巳)라고 하여야 함.

182) 이문환(1772~1853): 자는 사겸(士謙), 호는 용재(容齋), 본관은 영천이다. 진사시에 합격하였다.

清白祠 上樑文 心溪移建時

院基偏側 久歎風雨之不除，廟宇重新 始知泉石之有待．相地而築，不日而成．伏惟清白吏掛鞭堂先生，達北名家，嶠南華閥．文章夙就 擅名解額三場，器局晚成 有志裹革萬里．援弓投筆 豈直爲武夫傑兮，蘊玉懷氷 眞可稱君子人也．歌謠興於民俗 十郡佩符，威信著於戎關 四闉仗鉞．掛鞭南廨 人慕桐鄉之生祠，秉軸東銓 世稱水鏡之清藻．趣治朴必種歸裝於射禽之日 咸服先見之最明，能却尼蕩介党鋒於盈尺之書 益驗大義之愈著．箕國之風雅 膾炙白馬丹旌，柳營之挽詩 播傳青油綠野．明廟屢降褒賞之教 事昭載於國乘，天朝亦有問策之題 名遠聞於華夏．建祠於數百年前甲 寒岡鄭先生刱祭祀之論，注香於二八月下丁 德水張明府復獻幣之典．念茲清白祠基址，久在山谷之湫隘，每患沙石之橫流．廟貌歸存 縱仰百世之尊尚，地形傾仄 固非一木之可支．先父兄之嗟惜多年 未遑重建之議，後裔孫之經紀沒策 每有遷就之歎．肆以收議士林，廣詢長老 龜筮協而卜地於心溪之上，山高水長 工匠舉而運材於公嶽之中．懷新柱舊，遠近諸君子聞風助力 可想遺德之感人，左右凡民庶釋耒董功 尤見衆心之慕義．誰知樵牧之社，遽作俎豆之場．堂室森嚴 非復沙礫之所被，衣巾整肅 乃覺芬苾之有期．山川改觀 廟貌新革 千載之基址，始奠勿替享於春秋 一世之觀聽．俱新

共起敬於籩豆，聊陳短唱助舉脩梁．兒郎偉抛梁東，疊嶂層巒
聳半空，壯蹟流傳桐藪裏，令人千載慕申公．兒郎偉抛梁西，
道德三峰天與齊，遁谷壽藏知不遠，衣冠古麓白楊淒．兒郎偉
抛樑南，崀嶺巍然淑氣含，桑梓舊居人必敬，遺風百世可廉貪．
兒郎偉抛樑北，公岳嶔崟兩黛黑，忠壯英魂猶往徠，氣爲山脉
鎮南國．兒卽偉抛樑上，中天白日光輝放，先生淸節後人傳，
聖教昭然於不忘．兒郎偉抛樑下，心溪之水淸而瀉，一朝泉石
我居然．大冶斲成渠屋廈．伏願上樑之後，廟宇永存　爲百世之
矜式，祠事無替　享八籩之物儀．忠於國孝於家　裔孫遺厥淸白，
絃以春誦以夏　多士生此思皇．非止象德於後人，抑亦裨治於眹
世．

崇禎紀元後　辛巳　孟春下浣，傍後孫　文煥　謹撰．

봉안문奉安文 심계心溪로 옮길 때

공경히 선생을 생각하니   恭惟先生

청백은 중국에까지 알려지셨고,   清聞 中朝

명성은 우리나라에 가득하셨습니다.   名滿東國

청렴은 밝은 해와 빛을 다투셨으며,   白日爭光

청풍은 눈처럼 깨끗하셨습니다.   清風灑雪

공경히 제향을 올리오니 묘우가 새롭고[184],   揭虔重新

경모하는 마음 더욱 간절하옵니다.   景慕采切

---

183) 최효(1772~1822): 자는 원백(源百), 백불암 최흥원의 증손자임.
184) 중신(重新): 이건하여 묘우가 더욱 일신된 것을 말함.

141

청백사 이건기 清白祠 移建記[185]

　　교남(嶠南)의 여러 주(州)를 옛날에 추로(鄒魯)의 고을이라고 칭하였습니다. 명현석덕(名賢碩德)이 이곳에서 배출되었는데 달성(達城)이 그 한 곳입니다. 달성의 북쪽에 서원이 하나 있는데 즉 패편당 이 선생(李先生)을 제향(祭享)하는 곳입니다. 선생의 청백의 덕과 곧은 충절은 국승(國乘)에 자세히 실려 있고 멀리 중국에까지 전파되어 백세토록 나부(懦夫)가 뜻을 세우게 하는데 족하였습니다. 한강 정선생이 향선생(鄕先生)으로 칭하고 "사당에서 제향을 드리는 것이 가하다."고 말씀하셨습니다.

　　사당을 창건한 지 200여 년이 되었는데 두 계곡의 막힌 곳에 위치하여 비바람이 스며들고 모래에 마모되어 능히 지탱할 수 없게 되었습니다. 그 방후손(傍後孫) 이(李) 사문(斯文) 종환(宗煥)[186]이 그 아우 상사(上舍: 진사) 문환(文煥)과 함께 이건을 도모하고 말하기를 "선군자(先君子)[187]께서 일찍이 묘우(廟宇: 사당)가 협소하여 근심하였는데 지금에 이르러 아버지의 뜻을 이어 옮기고자 합니다."라고 하였다.

　　드디어 사림(士林)들에게 통문을 내어 심계(心溪)의 위쪽에 터를 정하여 개암나무와 잡풀을 제거하고 튀어나온 돌을 깎아 땅을 평평하게 고르고 새로 묘우를 건립하니, 옛터에서 불과 수궁(數弓)[188]정도

---

185) 청백사를 옮긴 연유를 적은 글.
186) 이종환(1761~ ？): 자는 화여(和汝)이다.
187) 돌아가신 아버지.
188) 궁(弓)은 길이의 단위로 1궁은 5척(尺)임. 여기서는 가까운 거리를 말함.

떨어져 있다.

　백계(栢溪)의 매화가 물가에 띠처럼 좌우에 비치고 용문(龍門)과 거북바위가 앞뒤에 둘러있고, 맑은 샘물이 흰 돌을 따라 집의 계단 아래에서 갈라지니 묘우(廟宇)의 편액(扁額)이 그와 더불어 부합되었다. 또한 선생의 기풍(氣風)이 산은 높고 물이 멀리 흐르는 것과 같다[山高水長][189]고 이를 만하였다.

　이 집을 지음에 나무는 팔공산에서 취하였고 기와는 지묘 골짜기에서 만들어 운반하여 왔는데, 족인 만욱(萬旭)으로 하여금 주관하게 하였다. 공역(工役)을 하는 사람들이 즐거이 달려왔고 목수와 장인(匠人)들이 부지런히 일을 하여 한 달이 지나서 공사가 완료되었으니, 이는 후손의 성력(誠力)이 아님이 없었다. 이는 더욱 선생께서 보살피고 도와준 음덕임을 느껴 징험할 수 있었다.

　상사(上舍)군이 와서 이건의 사실을 자세히 말하고 인하여 나에게 그 전말을 기록해 주기를 청하였다. 대개 선생의 청백의 명성과 위대한 행적이 아름다워 사람들의 이목(耳目)을 비추고 있으니 내가 감히 군말을 붙일 필요가 없다. 돌아보건대, 내가 만학(晚學)으로서 멀리 서울에 있어 선생의 묘우에 배알하지는 못하였으나 가만히 생각건대, 기문의 끝에 몇 글자를 붙여 예전부터 가지고 있었던 경앙(景仰)의 뜻을 붙인 것을 다행으로 여긴다.

　지금의 임금(순조) 21년 신사년(1821) 동짓날, 연안(延安) 이근원(李近源)[190] 공경히 기록한다.

---

189) 『고문진보(後集)』, 〈嚴先生祠堂記〉에 "先生之風, 山高水長."이라는 말이 보임.
190) 이근원은 진사로 성균관 유생으로 오래 있었는데, 이문환이 진사로서 성균관 유생이었을 때 연장자로 함께 있었던 것으로 보인다.

清白祠 移建記

嶠南諸州, 古稱魯之鄉, 而名賢碩德, 於斯輩出, 達城其一也. 達之北距, 一舍有院, 卽掛鞭堂李先生尸祝之所也. 先生, 清白之德, 忠貞之節, 昭載於國乘, 遠播中華, 足以立懦於百世. 而寒岡鄭先生, 所稱鄉先生, 可祭於社者也. 祠之垂二百載, 而處於兩谷之簾, 風雨所漂, 沙礫所泐, 莫能支. 吾其傍後孫 李斯文 宗煥, 謀其弟上舍文煥曰, 先君子, 嘗以廟宇之偪側爲憂, 當及令, 改卜以述先志. 遂通于士林, 因卜地於心溪之上, 枏去榛荒, 平剗石齒,而築之新廟, 於舊址不過數弓. 而栢溪梅澗, 映帶左右, 龍門龜巖, 拱把前後, 清泉白石, 循瀩於階廡之下, 廟號之扁與之符契. 亦可謂先生之風, 山高水長也. 是役也, 寫材於公山, 運瓦於智谷, 使其族人萬旭, 幹之. 而役丁樂赴, 工匠勤事, 閱一月而功告訖, 斯莫非後孫之誠力. 所感, 尤可驗先生之陰庥冥者也. 上舍君來, 言其移建之事甚詳, 因請余記其顚末. 蓋先生之清名偉蹟, 彪炳焉, 照人耳目, 則余不敢贅說. 而顧以晚學, 遠在京國, 旣不得拜謁於先生之廟, 竊幸付數字於記文之末, 以寓夙昔景仰之懷云爾.
上之二十一年 辛巳 日南至, 延安 李近源 敬識.

성청완문星廳完文[191]

　우문(右文)은 물품의 공급에 관한 일입니다. 우리 고을의 명현(名賢) 괘편당 이선생은 국가를 위하여 곧은 마음으로 충성을 다한 사람입니다. 관리로 있으면서 청백리의 아름다운 사적이 국승(國乘)에 자세히 실려 있고 사람들의 이목(耳目)을 비춰 주고 있는데 낱낱이 들 수 없습니다. 중국[中華]에서 과거 책문의 제목으로 삼았으며 성주(聖主: 명종)께서 일월과 더불어 그 빛을 다툰다는 포상(褒賞)이 있었으며, 영주(瀛州)[192]의 괘편당이 그 대략입니다.

　선생께서 역책(易簀)[193]하신 후 한강 정선생께서 말씀하시기를 "이공(李公)의 청백은 민몰(泯沒)시킬 수 없으니 빨리 서원의 건립을 도모하라."라고 말씀하셨습니다. 그 후에 판결사 이공(李公) 우겸이 그 일을 주관하여 원우(院宇)를 건립하여 조두(俎豆)의 예(禮)[194]를 행하여 왔습니다만, 후손이 미약하여 물력이 부족하여 원우는 있으나 의례의 절차를 갖추지 못하였습니다.[195] 지금까지 수백 년간 이어져 왔는데 개탄하고 탄식을 일으키지 않을 수 없습니다.

　다행스럽게 얼마 전부터 고을에서 논의가 크게 일어나 바야흐로 위호(衛護)의 도를 행하려고 하니, 병이(秉彝)[196]를 함께 하는 바이며 존숭의 정성이 간절함을 나타낸 것입니다. 그래서 본청(本廳: 대구부)

---

191) 성청(星廳): 지방 관아에서 아전들이 사무를 보는 청사.
192) 제주도.
193) 타계를 의미함.
194) 향사(享祀)를 말함.
195) 향사를 드리지 못하였다는 의미.
196) 사람들의 떳떳한 도리.

에서도 한결같이 공의(公議)를 발하여 도울 방법을 두루 생각하였습니다.

본면(本面)의 모모(某某) 동에 촉구하여 본 서원 향사시에 여러 의절(儀節)을 돕도록 하였으며, 본동(本洞)의 각 집은 본청에서 부역을 길이 경감해 주도록 하였습니다. 이는 나라에서 청백리(淸白吏)를 존숭하고 명현(名賢)을 숭상하는 도리를 진실로 아름답게 하는 일이며 또한 향사(享祀)시 만에 하나라도 도우려고 한 것입니다.

임신년(고종 9, 1872) 4월 일, 공임(公任) 서익신(徐益臣), 성청시임(星廳時任) 이대윤(李大潤), 부유사시임(府有司時任) 서현귀(徐顯龜)

星廳完文

右文爲成給事. 吾鄉名賢, 掛鞭堂李先生, 爲 國貞忠. 居官淸白之美蹟, 昭載國乘, 照人耳目者, 不可枚擧而厥. 惟中華試策之題,

聖主日月之褒, 瀛洲掛鞭堂, 此其大略也. 先生易簀之後, 寒岡鄭先生曰, 李公淸白, 不可泯滅, 亟圖建院. 其後判決事 李公友謙, 主幹其役, 施設院宇, 仍行俎豆之禮, 而裔孫孤弱, 物力凋殘, 院宇雖設, 儀節未備. 迄令數百載之下, 莫不慨惜而興歎矣. 何幸近年以來, 鄉論峻發, 方營衛護之道而秉彝所同, 擧切尊崇之誠. 故自本廳齊發公議, 周思助護之道. 以本面某某洞, 屬之本院以助享祀時凡節, 而本洞烟戶之役, 自本廳永爲減, 則其在爲國家崇淸白, 尚名賢之道, 儘爲事, 而抑亦爲禋享時, 萬一之助耳.

壬申 四月 日, 公任 徐益臣 星廳時任 李大潤 府司時任 徐顯龜.

청백사淸白祠 제현諸賢 제영題詠

헌납(獻納) 이기준(李麒峻)197)

五馬行裝太草草	오마(五馬)198)의 행장이 너무 초라한데
來時不許一鞭歸	편(鞭) 하나도 허락하지 않고 돌아왔네.
滄溟千里耽羅國	푸른 바다 천리 길 탐라국에
惟有淸風拂客衣	오직 청풍의 어진 신하 있었네.

---

197) 이기준(1758~ ？): 자(字)는 자범(子範), 본관은 벽진으로 선산에 거
주하였다. 문과에 합격하여 사간원 헌납을 역임하였다.
198) 태수의 수레를 다섯 필의 말이 끈 데서 유래, 태수를 이르는 말. 여기서
는 제주목사를 말함.

서유민(徐有敏)

公岳千里立　팔공산이 천리같이 높은데

先生影子眞　선생의 위패가 사당에 모셔져 있네.

風聲南北鎭　풍성이 남북의 병영(兵營)에 있었는데

名蹟古今人　예나 지금이나 명성과 사적을 칭송하네.

十綬皆明政　열 번이나 관아를 맡았으나 다 밝은 정사 펴셨고

一鞭最精神　편(鞭) 하나가 최고로 빛나는 정신이었네.199)

焚香瞻再拜　분향하고 바라보며 재배(再拜)를 드리니

令我整衣巾　나로 하여금 의건(衣巾)200)을 바르게 하게 하네.

---

199) 제주에 있는 괘편당(掛鞭堂)을 말한 것임.

200) 옷매무새.

방손(傍孫) 이문환(李文煥)

數間祠宇想風清　몇 칸의 사우가 청백의 풍성을 상상하게
　　　　　　　　하고

瞻拜時時感意生　때때로 참배하니 감복하는 마음이 생기네.

當世共傳廉吏號　당시에 청백리로 칭송되었는데

後孫難繼舊家聲　후손들이 옛날의 명성 잇기 어렵네.

典刑寂寂青油閉　모범되는 관리가 적적하고 청유의 장막은
　　　　　　　　닫혔는데201)

恩眷堂堂白日明　임금의 은혜 밝은 해와 같이 당당하네.

我祖昆謨遺以厚　나의 조부 형제께서 법을 전하는데 힘을
　　　　　　　　기울이셨는데

春秋俎豆愧微誠　춘추로 제향을 드림에 작은 정성이 부끄럽네.

---

201) 공이 돌아가신 이후 청백리가 드물다는 것을 말한 것임.

후지 後識202)

　이 책은 나의 외선조(外先祖) 병조참판 괘편당 선생 이공(李公)의 실기입니다. 공께서는 중종과 명종 임금 재위 때에 주군(州郡)과 영진(營鎭)의 장(長)을 역임하시고, 여러 번 포상의 은전(恩典)을 입어셨습니다. 성조(聖朝: 명종)께서 등극하심에 청렴한 관리를 선발하였는데 선정되셨고, 후에 사림들이 청백사(淸白祠)를 건립하여 제향을 드렸습니다.

　대개 문무(文武)를 겸비한 인재로 빙얼지조(氷蘗之操)를 볼 수 있는데, 탐라[濟州]의 괘편당(掛鞭堂)과 탕개(蕩介)가 격문을 보고 군사가 물러가게 한 것에서 더욱 징험할 수 있습니다.

　아! 애석하도다. 공은 불행히 자식은 두셨으나 손자가 없어 나의 선조 생원공(生員公)203)께서 공의 증외손(曾外孫)으로 공의 제사를 받드셨습니다. 세대가 멀고 병화가 지나가 당시의 문적이 불에 타버리고 다만 시(詩) 3항[頁]204)이 400여 년이 지난 후에도 전해지고 있다. 오래도록 사람들이 추모하여 오고 있고 글자마다 감회가 일어나 진실로 차마 매몰시킬 수 없었습니다. 이에 서문과 부록을 첨부하여 실기 1책을 만들어 간행하여 바야흐로 오래도록 전하고자 합니다. 재정을 부담하고 함께 일을 한 사람은 공의 아우 별좌공(別坐公)205) 후

---

202) 요즈음의 편집 후기와 같다.
203) 곽재겸의 아들 곽용(郭涌: 1578~1616)으로 자(字)는 여달(汝達), 호(號)는 유계(柳溪)이다. 생원시에 합격하였다.
204) 공(公)의 실기에 수록되어 있는 공의 시 3수(首)를 말함.
205) 휘(諱)는 화(華)이다. 공의 아우로 금화사(禁火司) 별좌(別坐)를 역임하였다. 공이 관직에 있음에 고향으로 돌아와 부모님을 봉양하였다.

손과 외후손(外後孫) 채씨(蔡氏)206)와 우리 집207)입니다.

슬프다! 이 조그만 한 책이 어찌 족히 공의 전 생애를 증거 할 수 있겠습니까? 그러나 잘 읽는 자는 이 책의 글에 나아가 미루어간다면 공의 재덕(才德)과 충정(忠貞)과 훈업(勳業)과 청백(淸白)을 알 수 있을 것입니다. 옛날에 장익덕(張翼德)208)의 조두명(刁斗銘)이 있고 난 연후에 사람들이 그 선문(善文)을 알았고, 지금 공의 유시(遺詩) 또한 그렇다고 말할 수 있으니 불에 타고 남은 글이 적다고 어찌 보배롭지 않겠습니까? 간행을 마치고 삼가 이 책을 말미에 기록합니다.

임신년(1932) 4월 일, 외예손(外裔孫) 포산(苞山) 곽종철(郭鍾澈)209) 근지(謹識).

---

206) 괘편당의 사위인 참봉 채홍(蔡泓)의 후손.
207) 괘편당의 손서(孫壻)인 곽재겸(郭再謙)의 후손.
208) 『삼국지(三國志)』에 나오는 인물.
209) 곽종철(1867~1943): 자는 숙원(元淑), 호는 괴정(槐庭), 본관은 현풍이다. 괴헌 곽재겸의 후손이다.

後識

此吾外先祖, 兵曹參判 掛鞭堂先生 李公實紀也. 公當 中明之
際, 歷試州郡營鎭, 而屢蒙褒賞之恩. 至登 聖朝所選廉吏之
案, 後享士林所建清白之祠, 蓋其文武之才, 氷蘗之操, 槩可
見矣, 而尤可驗於眈羅之掛鞭, 蕩介之見檄, 退兵也. 嗚乎惜
哉. 公不幸有子而无孫, 吾先祖生員公, 以公曾外孫, 仍奉公
之祀矣. 其家世滄桑, 又經兵燹, 當日文字, 擧八灰爐, 而只有
詩三頁, 尚流傳於四百載之下. 曠世緬仰, 一字一感, 誠不忍
其沬沒. 玆幷附錄, 爲實紀一冊, 方印布而壽其傳. 其合貲共
事者, 公季氏別坐公后孫, 外裔蔡氏, 及吾家也. 噫. 顧玆寂廖
一編, 烏足以徵公之全也. 然, 善觀者, 卽此而推之, 猶可以知
公之才德也, 忠貞也, 勳業也, 清白也. 昔張翼德有刁斗銘然
後, 人知其善文, 今於公之遺詩, 亦云然, 則查鑛零金劫火片
玉, 豈可少而不寶之哉. 役告訖, 謹書此于編末.

壬申 四月 日, 外裔孫 苞山 郭鐘澈 謹識.

후지 後識

　괘편당 선생께서 관리로 있으면서 청백(淸白)의 지조와 위엄과 신뢰의 덕으로 오랑캐를 물리친 것은 이미 국승(國乘)과 야사(野史)에 수록되어 있어 군말이 필요 없습니다. 지금 400년이 지난 후에도 그 풍성을 들은 사람은 누가 흠모(欽慕)하고 경복(敬服)하지 않겠습니까?

　다만 그 유문(遺文)이 여러 번 난리를 만나 더욱 오래될수록 더욱 잃어버려, 단지 시 3항[頁]이 있어 세인들의 입에 회자(膾炙)되고 있으니 한 점의 살점으로도 온 솥의 고기 맛을 알 수 있다는 것과 같다[全鼎之一臠]고 이를 수 있지 않겠습니까?

　옛날에 나의 8대조 육한공(六恨公)210)께서 처음으로 사적을 나열하여 행록(行錄)을 지으셨고, 고조부 진사공211) 또한 사당을 지을 때의 글과 사실을 수집하여 1책을 만드셨으나 간행할 여력이 없어 상자 속에 넣어 두고 세상에 펴지 못하여 식자(識者)들이 한으로 여겼습니다.

　다행히 금년 봄에 외손가의 여러 집이 모여 간행을 논의하여 이미 마침을 고하니 선생의 아름다운 행적이 장차 이로부터 더욱 나타날 것이니 사적이 나타나고 숨겨짐[顯晦]이 때를 기다림이 있지 아니한가?

　아! 금세(今世)는 더욱 혼란하고 탐함과 비루함[貪鄙]이 날로 행해지니 오직 우리 동지들은 이 책을 읽을 때 반드시 척연(惕然)212)한

---

210) 행록 약(行錄略)을 지은 이영희(李永喜)이다.
211) 진사 이문환(李文煥)이다.

마음으로 스스로를 반성한 즉, 이 책이 거의 풍속의 교화에 도움이 될 것인저! 이 책으로 인하여 마음속에 느낀 바를 위와 같이 기록합니다.

임신년(1932) 4월 하한(下澣: 하순), 방후손(傍後孫) 상두(相斗)213) 근지(謹識).

---

212) 조심하며 마음을 경건히 함.
213) 이상두(1860~1935): 자는 치규(致奎)이고 호는 용운(容雲)이다.

後識

我掛鞭堂先生，居官清白之節，却胡威信之德，已昭載於 國乘
及野史，無庸贅爲也．至令四百載之下，聞其風者，孰不欽慕
而敬服也哉．但其遺文，累經亂離，愈久而愈失，只有詩三頁，
膾炙於世入之口，此可謂全鼎之一臠耶．昔我八代祖，六恨公，
始論次而叙其行錄，高王考進士公，又收拾入享時文字及事實，
合成一冊，而力詘未遑，藏在巾衍，不能與世共之，識者恨焉．
何幸，今春，外裔諸家，合謀活刊役，已告竣，先生之懿蹟，將
自此益著，則事之顯晦，亦有待時者歟．鳴乎．今世愈亂，而貪
鄙日行，惟我同志之讀是篇也，必將惕然而自反，則是篇之成，
庶幾有補於風化也否．因書其所感于中者，以爲識．

壬申 四月 下澣，傍後孫 相斗 謹識．

습유(拾遺)

참판 이공 영과 정부인 송씨의 묘소에 드리는 제문 (祭參判李公 榮 及貞夫人宋氏墓文)

이담명(李聃命)214)

早歲投筆	일찍이 붓을 던지고
雅操愈潔	바른 지조로 더욱 청백하셨네.
遺風如昨	남긴 풍성이 어제와 같은데
奠灑周缺	제향과 살림이 단절되었네.
今按本道	오늘 본도의 관찰사로 참배 드리오니
節惟端午	날은 단오절입니다.
恭伸瞻掃	공손히 묘소를 쓸고 바라보니
祇切感慕	느낌이 간절하여 추모 드리옵니다.

---

214) 이담명(1646~1701): 자는 이로(耳老), 호는 정재(靜齋), 본관은 광주(廣州)이다. 21세(현종 7, 1666)에 진사시에 합격, 24세에 문과에 합격하여 경상도 관찰사와 이조참판을 역임하였다. 송담 채응린의 사위 공조참의 이윤우(李潤雨)의 증손으로 부친은 이조판서 이원정(李元禎)이다. 칠곡에 거주하였다. 문집이 있다.
위 제문과 아래 2편은 이담명이 1690년(숙종 16) 가을에 경상도 관찰사로 부임하여 이듬해 1691년 5월에 팔공산 자락 내동으로 와서 참배할 때 남긴 것이다.

참봉 채공 홍과 부인 이씨의 묘소에 드리는 제문
(祭參奉蔡公 泓 及夫人李氏墓文)

이담명(李聃命)

仁川之蔡	인천채씨의 집안으로
赫世簪紳	잠영215)이 빛나셨습니다.
承家積德	가문을 이어 덕을 쌓으셨으니
慶流後人	경사가 후손들에게 이어졌습니다.
忝按本道	저가 본도의 관찰사로 와서
祇薦蘩蘋	변변치 못한 제수(祭需)로 참배 드리옵니다.
瞻望松楸	묘소를 바라보니
景慕如新	경모함이 새로운 것 같사옵니다.

---

215) 벼슬과 명예.

송담 채선생 응린과 부인 신씨의 묘소에 드리는 제문 (祭松潭蔡先生 應麟 及夫人申氏墓文)

이담명(李聃命)

懿德世毓	아름다운 덕으로 세상의 인재를 기르셨으니
餘慶綿揚	적선(積善)의 남은 경사가 이어져 빛나셨습니다.
松楸幾年	묘소를 지으신 지 얼마나 되었습니까?
香火久長	향화가 오랫동안 이어졌습니다.
粤在前秋	아! 지난해 가을에
按節茲邦	이 지역의 관찰사로 내려왔습니다.
職務倥傯	직무로 바빠
瞻掃未遑	묘소를 찾아 성묘할 겨를이 없었습니다.
今來奠獻	오늘 와서 한잔 술을 올리오니
倍切感傷	느낌이 간절하여 아픔이 배가 됩니다.
不昧者存	혼령이 계시거든
來格洋洋	양양216)히 이르러 흠향하소서.

(출전: 이상 『정재문집(靜齋文集)』, 권5 「제문(祭文)」)

---

216) 성대한 모양.

조선 명종실록

1. 명종 즉위년(1545, 을사) 12월 19일 : 이조 판서 최보한이 황해 감사·지평 부사의 결원 등에 대해 아뢰다.

이조 판서 최보한(崔輔漢)이 아뢰기를,

"황해도 감사【권응정(權應挺)이다.】는 개만(箇滿)217)했으니 체직(遞職: 교체)해야 마땅하지만, 중국 사신이 올 시기가 이미 박두했으므로 수령도 체직해서는 안 되는데 더군다나 감사이겠습니까. 정평 부사(定平府使)가 궐원(闕員)218)이니 차임(差任: 임명)해야 하나 합당한 사람이 없는데 그 도(道)에 주의(注擬)219) 할만한 자가 있습니다.【단천군수(端川郡守) 이영(李榮)이다. 이영은 벼슬에 있으면서 염근(廉謹)하기가 무반(武班)에서 가장 보기 드문 자이다.】장령이 궐원이어서 차출하여야 하는데 지금 사람이 부족합니다. 수령으로 모두 주의하는 것【부평부사(富平府使) 진복창(陳復昌)을 가리킨 것이다.】이 어떻겠습니까?"

하니, 전교하기를,

"감사는 중국 사신이 돌아가기를 기다려 체직하라. 정평부사와 장령은 모두 아뢴 대로 주의하라."

---

217) 관직의 임기가 만료됨.
218) 비어 있음.
219) 관원을 임명할 적에 문관은 이조(吏曹)에서, 무관은 병조(兵曹)에서 후보자 3인〔三望〕 또는 1인〔單望〕을 정하여 임금에게 올리는 것.

하였다. 또 아뢰기를,

"장흥고영(長興庫令) 임구령(林九齡)은 도목정(都目政)[220]을 기다려 첨정(僉正)으로 승서(陞敍: 승진)하라고 전에 전교하셨습니다. 그뒤 대간이 5품으로서는 지나치다고 논집(論執: 고집)하였는데 첨정으로 승차하는 일을 어떻게 해야 하겠습니까?"

하니, 전교하기를,

"전에 임구령이 공로가 있었기 때문에 첨정으로 승서시키라는 일로 전교하였는데 대간이 5품으로서는 시나치다고 논집하니, 지금은 승서하지 말라."

하였다. 또 아뢰기를,

"박수량(朴守良)【염근(廉謹)으로 이름을 얻었다.】은 전에 광주목사(光州牧使)가 되었다가 병으로 체직되었습니다. 그러나 재상인 사람을 서용(敍用: 등용)하지 않을 수 없으니 송서(送西)[221] 하여 서용하는 것이 어떻겠습니까?"

하니, 아뢴 대로 하라고 전교하였다.

---

220) 매년 음력 6월과 12월에 관원의 성적에 따라 승진. 임면을 하는 것.
221) 동반(東班)의 관직에 있는 사람을 서반(西班)으로 옮기는 것.

吏曹判書崔輔漢啓曰: "黃海道監司,【權應挺】箇滿當遞矣. 但天使來期已迫, 守令亦不可遞, 況監司乎? 定平府使有闕當差, 無可當者, 其道有可擬者.【指端川郡守李榮也. 榮居官廉謹, 武班中之最罕者也.】掌令有闕當出, 而今方乏人. 請以守令, 竝爲注擬【指富平府使陳復昌也.】何如?" 傳曰: "監司待天使回程後遞之. 定平府使、掌令, 皆依啓注擬." 又啓曰: "長興庫令林九齡, 待都目政陞爲僉正事, 前有傳敎矣. 厥後臺諫, 以五品爲過而論執, 陞爲僉正事, 何以爲之?" 傳曰: "前以九齡爲有功, 故陞僉正事傳敎矣, 臺諫以五品爲過而論執, 今則勿爲陞敍." 又啓曰: "朴守良【廉謹得名】前爲光州牧使, 而以病遞之矣. 然宰相之人, 不可不敍, 請送西敍用何如?" 傳曰: "如啓."

2. 명종 1년(1546, 병오) 4월 6일 : 의정부와 병조가 논의하여 장수가 될 만한 사람을 뽑도록 명하다.

장수(將帥)가 될 만한 사람을 골라 뽑도록 명하니, 의정부와 병조가 함께 의논하여 아뢰기를,

"장재(將才)를 뽑아서 인망(人望)222)을 기르는 목적은 유사시에 쓰

기 위해서인데 지금 자헌(資憲)의 반열에 있는 자들은 모두 늙어서 쓸만한 사람이 못됩니다. 장언량(張彦良) 등 4인이 다 장수가 될 만한 재목인데 장언량은 더욱 쓸만하여 비록 품계를 올려 승급시킨다 하더라도 무방할 것입니다. 그리고 그 이하 3인과 이지(李芝), 이제남(李弟男) 등도 다 쓸만한 사람들이니 전조(銓曹)223)로 하여금 차례로 승급시켜 쓰게 하소서."

하니, 아뢴 대로 하라고 전교하였다.

【장수에 합당한 품계에 있는 자로는 하원군(河原君) 장언량(張彦良), 동지중추부사 이광식(李光軾), 진라우도 수군질도사(全羅右道水軍節度使) 양윤의(梁允義), 훈련원 도정(訓鍊院都正) 장세호(張世豪) 등이고, 당상(堂上)에 합당한 품계에 있는 자로는 군기시 첨정(軍器寺僉正) 이지(李芝), 정평부사(定平府使) 이영(李榮), 창성부사(昌城府使) 최희효(崔希孝), 경흥부사(慶興府使) 이세린(李世麟), 창원부사(昌原府使) 이문성(李文誠), 숙천부사(肅川府使) 민원종(閔元宗) 등이며, 앞으로 쓸만한 품계에 있는 자로는 전 판관(判官) 이제남(李弟男), 천성보 만호(天城堡萬戶) 최수인(崔守仁), 전 첨사(僉使) 어수연(魚守淵), 다대포 첨사(多大浦僉使) 오성(吳誠), 양산군수(梁山郡守) 신종(申鍾), 귀성부사(龜城府使) 한흡(韓洽), 동래현령(東萊縣令) 김수문(金秀文), 이산군수(理山郡守) 서수억(徐壽億), 통례원 인의(通禮院引儀) 장세한(張世漢) 등이다.】

---

222) 추천할 만한 인재.
223) 이조와 병조.

命抄將帥可當人, 議政府、兵曹同議啓曰: "選將養望, 欲用於有事之時, 而今在資憲之列者, 皆年老不堪用. 張彦良等四人, 皆可爲將帥, 而彦良尤爲可用, 雖陞品用之, 無妨. 其下三人及李芝、李弟男等, 皆可用之人, 亦令銓曹, 次第陞用." 傳曰: "如啓."【將帥可當秩, 河原君張彦良、同知中樞府事李光軾、全羅右道水軍節度使梁允義、訓鍊院都正張世豪. 堂上可當秩, 軍器寺僉正李芝、定平府使李榮、昌城府使崔希孝、慶興府使李世麟、昌原府使李文誠、肅川府使閔元宗. 可用秩, 前判官李弟男、天城堡萬戶崔守仁、前僉使魚守淵、多大浦僉使吳誠、梁山郡守申鍾、龜城府使韓洽、東萊縣令金秀文、理山郡守徐壽億、通禮院引儀張世漢.】

3. 명종 2년(1547, 정미) 1월 18일 : 사헌부에서 북도 우후 이영의 승진이 너무 빠르다 했으나 합당하다고 하다.

헌부가 아뢰기를,

"북도우후(北道虞候) 이영(李榮)이 단천군수(端川郡守)가 되어 부임한 지 오래지 아니하여 정평부사(定平府使)에 승진되었는데, 이제 또 겨우 1년 만에 당상관에 초승(超陞)224)시켜 본직을 제수한 것은 다만 관작이 외람될 뿐만이 아닙니다. 금년은 북방에 흉년이 더욱 심하게 들어 민생이 굶주리는데 보내고 맞이하는 폐단이 역시 많을 것이니 개정하여 그 직임에 그대로 두소서. 또 무반의 관작이 외람됨이 더욱 심하여 1년 안에 당상에 오른 자가 30여 명에 이릅니다. 우후(虞候)에 의망(擬望)225)할 자가 부족하지 않은데 하필 수령을 전이(轉移)시켜 백성에게 폐가 돌아가도록 하니 매우 미편합니다. 요즈음 정조(政曹)226)가 매번 의망할 사람이 부족하다는 핑계로 이 자리 저 자리를 옮겨 바꾸고 급작스레 벼슬을 올려 은혜를 팔면서 곤궁한 백성들이 겪는 맞이하고 보내는 커다란 폐단은 생각하지 않으니 지극히 그릇됩니다. 추고(推考)227)하소서."

하니, 답하기를,

"이영의 인물됨이 합당하기에 주의(注擬)한 것이니 개정할 필요 없다. 정조(政曹)는 인재의 부족에 구애되어 그와 같이 한 것이니 추고할 필요가 없다."

하였다.

---

224) 등급을 초월하여 승진시키는 것.
225) 3품 이상의 당상관(堂上官)을 임명할 때 이조(吏曹)와 병조(兵曹)에서 세 사람의 후보자〔三望〕를 추천하던 일.
226) 이조와 병조.
227) 죄를 조사함.

憲府啓曰: "北道虞候李榮爲端川郡守, 赴任未久, 陞授定平府使, 今纔一年, 趙陞堂上, 除授本職, 非但官爵猥濫. 今年北方, 失農尤甚, 民生飢困, 迎送之際, 其弊亦多, 請改正仍任. 且武班官爵, 猥濫最甚, 一年之內, 陞堂上者, 幾至三十餘人. 虞候擬望者, 不爲不足, 而必轉移守令, 貽弊於民, 極爲未便. 近來政曹, 每諉之以擬望乏人, 彼此移易, 急於陞叙, 以爲市恩之地, 而不念窮民迎送之巨弊, 至爲非矣. 請推." 答曰: "李榮人物可當, 故注擬, 不必改也. 政曹拘於乏人, 如此爲之, 不須推也."

4. 명종 2년(1547, 정미) 1월 19일 : 조강에서 대사헌 이미가 장흥군의 처벌과 이영의 잉임을 청하여 허락하다.

상이 조강에 나아갔다. 대사헌 이미(李薇)가 아뢰기를,

"장흥군(長興君)은 비록 무지한 종친이라 하더라도 육경(六卿)을 욕보이는 등 그 광패함이 이와 같으니 징계하지 않을 수 없습니다. 옛 사람이 이르기를 '교만과 방종은 가까운 귀척(貴戚)으로부터 비롯된다.'고 하였습니다. 이제 만약 종실이라고 해서 용서한다면 말류(末流)의 폐단을 구제할 수 없을 것입니다. 북도우후 이영은 단천 군수가 된 지 얼마 안 되어 정평부사로 승진하였고 또 1년이 채 안 되어

우후(虞候)에 초수(超授)228)되었는데, 우후는 곧 당상관입니다. 1~2
년 사이에 관작의 남용이 이러하니 개정하여 잉임(仍任)229)시키소
서."

하니, 전교하기를,

"장흥군과 이영의 일은 아뢴 대로 하라."

하였다.

上御朝講. 大司憲李薇曰: "長興君雖曰無知宗親, 致辱六卿, 其
狂悖如此, 不可不懲也. 古人曰: '驕縱自貴近始.' 今若以宗室
而貸之, 則末流之弊, 將不可救矣. 北道虞候李榮, 爲端川郡守未
久, 陞定平府使, 又未一年, 招授虞候, 虞候乃堂上官也. 一二年
內, 官爵之濫, 至於如此, 請改正仍任." 傳曰: "長興君及李榮
事, 如啓."

---

228) 제 차서(次序: 차례)를 기다리지 않고 올려 줌.
229) 임기가 다 된 관리를 그 직위에 그대로 둠.

5. 명종 3년(1548 무신) 7월 8일 : 함경감사 장계로 정평부사 이영, 부령부사 신지에게 상을 주도록 하다.

함경감사의 장계를 정원에 내리면서 일렀다.

"정평부사(定平府使) 이영(李榮), 부령부사(富寧府使) 신지(辛祉)는 금년 같은 흉년에 진구(賑救)230)에 마음을 다하여 백성 한 사람도 굶어 죽지 않게 하였으니 참으로 가상하므로 상을 주어야 한다. 또 신지는 백성들이 더 머물기를 원한다 하니 잉임(仍任)시켜라."

下咸鏡監司狀啓于政院曰: "定平府使李榮、富寧府使辛祉, 如此凶歉之時, 盡心賑救, 不使一民飢餓而死, 誠爲可嘉, 賞加. 且辛祉, 則人民等願留云, 仍任可也."

6. 명종 6년(1551, 신해) 11월 4일 : 삼공이 청간한 사람으로 조사수, 주세붕, 이준경 등을 초계하다.

사인(舍人)이 삼공(三公)의 뜻으로 아뢰기를,

---

230) 백성들을 구휼함.

"청간(淸簡)한 사람을 초계(抄啓)231)하였습니다. 그러나 정2품 이상은 상께서 아실 것이므로 초계하지 않았습니다. 뽑힌 사람은 조사수(趙士秀), 주세붕(周世鵬), 이준경(李浚慶), 김수문(金秀文), 이세장(李世璋), 홍담(洪曇), 성세장(成世章), 이영(李榮), 김순(金珣), 윤춘년(尹春年), 윤부(尹釜), 윤현(尹鉉), 김개(金鎧), 이황(李滉), 송익경(宋益璟), 변훈남(卞勳男)입니다."

하니, 알았다고 답하였다.

사신은 논한다. 이때 청간하고 염근(廉謹)한 사람을 초계한 것이 뭇사람들의 마음에 들지 않는 자가 많았으니, 김개와 같이 거짓을 꾸며 명예를 구하는 무리도 또한 뽑힌 사람 속에 들어 있어 맞지 않는다는 비난이 많았다.

舍人以三公意啓曰: "抄啓淸簡之人. 但正二品以上, 自上當知之, 故不抄啓矣. 所抄之人趙士秀、周世鵬、李浚慶、金秀文、李世璋、洪曇、成世章、李榮、金珣、尹春年、尹釜、尹鉉、金鎧、李滉、宋益璟、卞勳男." 答曰: "知道."

【史臣曰: "是時抄啓淸簡廉謹之人, 多不厭衆心. 如金鎧飾詐釣名之輩, 亦在選中, 多有不稱之譏."】

---

231) 뽑아서 보고함.

7. 명종 6년(1551, 신해) 11월 10일 : 삼공이 안현, 홍섬, 박수량 등 33인을 염근으로 이름을 고쳐 뽑다.

사인이 삼공의 뜻으로 아뢰기를,

"청간한 사람은 널리 뽑기가 어려우므로 염근(廉謹)으로 이름을 고쳐서 초계하였습니다. 또 수령은 다 알 수가 없으니 감사로 하여금 초출하게 하고 육조에 소속된 각사(各司)는 육조로 하여금 뽑게 하는 것이 어떻겠습니까?"

하니, 그리하라고 전교하였다. 뽑힌 자는 안현(安玹), 홍섬(洪暹)·박수량(朴守良), 이준경(李浚慶), 조사수(趙士秀), 이명(李蓂), 임호신(任虎臣), 주세붕(周世鵬), 김수문(金秀文), 이몽필(李夢弼), 이세장(李世璋), 이영(李榮), 김순(金珣), 전팽령(全彭齡), 홍담(洪曇), 성세장(成世章), 윤부(尹釜), 윤현(尹鉉), 윤춘년(尹春年), 정종영(鄭宗榮), 박영준(朴永俊), 오상(吳祥), 이중경(李重慶), 김개(金鎧), 임보신(任輔臣), 이황(李滉), 안종전(安從琠), 송익수(宋益壽), 김우(金雨), 변훈남(卞勳男), 신사형(辛士衡), 강윤권(姜允權), 우세겸(禹世謙) 등 모두 33인이었다.

舍人以三公意啓曰: "淸簡之人, 難於廣選, 故改以廉謹爲號而抄啓矣. 且守令不能盡知, 令監司抄出, 六曹所屬各司, 令六曹抄之何如?" 傳曰: "可." 被抄, 安玹、洪暹、朴守良、李浚慶、趙士秀、李蓂、任虎臣、周世鵬、金秀文、李夢弼、李世璋、李榮、金玽、全彭齡、(洪雲) [洪曇]、成世章、尹釜、尹鉉、尹春年、鄭宗榮、朴永俊、吳祥、李重慶、金鎧、任輔臣、李滉、安從㙫、宋益壽、金雨、卞勳男、辛士衡、姜允權、禹世謙, 幷三十三人.

8. 명종 6년(1551, 신해) 11월 16일 : 김귀영을 홍문관 부수찬, 이영을 회령 부사로 삼다.

김귀영(金貴榮)을 홍문관 부수찬으로, 이영(李榮)을 회령부사로 삼았다.【영은 무인(武人)인데 염근한 것으로 이름이 있어서 발탁하여 이 벼슬을 제수하였다.】

以金貴榮爲弘文館副修撰, 李榮爲會寧府使.【榮, 武人也, 以廉謹著名, 故擢拜是職.】

9. 명종 7년(1552, 임자) 11월 4일 : 궐정에서 염근인과 근근인들에게 물건을 차등 있게 내리다.

궐정(闕庭)에서 염근인(廉謹人)에게 일등악(一等樂)을 내리라고 명했는데 근근인(勤謹人)들도 참석하였다. 각기 단목(丹木), 호초(胡椒) 등의 물건을 차등 있게 내렸고, 저물녘이 되자 각기 백랍촉(白蠟燭) 한 쌍씩을 내렸다. 호조판서 안현(安玹), 우참찬 박수량(朴守良), 평안도 관찰사 홍섬(洪暹)【부임하지 않았다.】, 형조판서 조사수(趙士秀), 대사성(大司成) 이명(李蓂), 예조참의 이몽필(李夢弼), 좌승지 홍담(洪曇), 우승지 성세장(成世章), 대사간 윤춘년(尹春年), 판교(判校) 윤현(尹鉉), 우통례(右通禮) 윤부(尹釜), 장령 유혼(柳渾), 제용감 부정(濟用監副正) 우세겸(禹世謙), 사복시정(司僕寺正) 박영준(朴永俊), 사복시 부정 임보신(任輔臣), 홍문관 교리 정종영(鄭宗榮), 부교리 박민헌(朴民獻), 공조정랑 이증영(李增榮), 내섬시 직장(內贍寺直長) 김몽좌(金夢佐) 이상 19인은 염근으로 피선되었다.

상의원 직장(尙衣院直長) 김사근(金思謹), 의영고 직장(義盈庫直長) 조용(趙容) 이상 2인은 근근(勤謹)으로 피선되었다.

대사헌 이준경(李浚慶), 동지중추부사(同知中樞府事) 임호신(任虎臣)과 주세붕(周世鵬), 동부승지(同副承旨) 김개(金鎧), 전 대사성 이황(李滉), 전한(典翰) 송찬(宋贊), 부장(部獎) 허세린(許世麟), 군기시 별좌(軍器寺別坐) 안잠(安潛), 행 사용(行司容) 김팽령(金彭齡), 사재감정(司宰監正) 강윤권(姜允權) 이상 10인은 염근으로 피선되었으나

174

병으로 인하여 참여하지 못하였다.

외임(外任) 염근인(廉謹人)인 회령부사(會寧府使) 이영(李榮), 강계부사(江界府使) 김순(金洵), 나주목사(羅州牧使) 오상(吳祥), 상주목사(尙州牧使) 신잠(申潛), 밀양부사(密陽府使) 김우(金雨), 온양군수(溫陽郡守) 이중경(李重慶), 예천군수(醴泉郡守) 안종전(安從㻶), 강릉부사(江陵府使) 김확(金擴), 신계현령(新溪縣令) 유언겸(兪彦謙), 금구현령(金溝縣令) 변훈남(卞勳男), 한산군수(韓山郡守) 김약묵(金若默), 지례현감(知禮縣監) 노진(盧禛), 칠원현감(漆原縣監) 신사형(辛士衡), 선산(善山)에 사는 전 군수(郡守) 김취문(金就文) 이상 14인에게는 각기 향표리(鄕表裏) 1습(襲)을 하사하였다.

사신은 논한다. 대저 사람은 속일 수 있지만 하늘은 거짓을 용납하지 않는 법인데 뽑힌 자들이 모두 자신을 반성해 보아 부끄러움이 없겠는가? 추천하여 뽑는 것이 정밀하지 못하였기 때문에 물의가 비웃었을 뿐만 아니라 피선된 자들 가운데도 함께 참여된 것을 스스로 부끄러워한 자가 있었다. 당국자(當國者)인 윤원형(尹元衡)과 심통원(沈通源)은 참여되지 못하였으니 타오르는 불꽃같은 위세로도 미치지 못하는 것이 있었던가?

사신은 논한다. 피선된 가운데 몇 명의 염근한 선비가 어찌 없겠는가? 그러나 더러는 권귀(權貴)의 문(門)에 실절(失節)한 자도 있고 더러는 어두운 밤에 뇌물을 받은 자도 있는데 이들이 함께 뒤섞여 나와 아름다운 이름을 도둑질하여 술을 마시고 음악을 들었으니, 자신을 반성하여 보아 허물이 없는 자가 몇이나 되겠는가? 더군다나 윤원형은 양양(梁楊)232) 의 권세를 끼고 마음대로 탐욕을 부려 남의 것 빼앗기를 싫증낼 줄 몰랐다. 이런 일로 시랑(豺狼)의 마음을 고쳐 염근의 풍조를 일으킬 수 있겠는가? 나는 옳은 줄 모르겠다.

사신은 논한다. 내수(內需), 사탕(私帑)의 재정(財政)이 매우 급박한데 사연(賜宴), 사물(賜物)하는 것으로 청신(淸愼)한 사람들을 권면하고자 하였다. 그러나 아랫사람들이 나의 처사를 믿지 않는데야 어쩌겠는가. 더구나 피선자(被選者) 속에 한두 사람은 합당한 자가 있지만, 기타는 소렴곡근(小廉曲謹)233)일 뿐이어서 진위(眞僞)를 알 수 없고 무능한 자들까지 섞였으니, 식자들이 비웃었다. 또 탐욕하지 않음을 보배로 여기고 일처리를 제사(祭祀)처럼 공경히 하는 자가 없지 않았는데도 시재(時宰)가 살피지 못했으니, 이를 공선(公選)이라 할 수 있겠는가?

命賜宴廉謹人于闕庭, 賜一等樂, 勤謹人亦參. 各賜丹木、胡椒等物有差, 至昏, 各賜白蠟燭一雙. 戶曹判書安玹、右參贊朴守良、平安道觀察使洪暹【未赴任】、刑曹判書趙士秀、大司成李眞、禮曹參議李夢弼、左承旨洪曇、右承旨成世章、大司諫尹春年、判校尹鉉、右通禮尹釜、掌令柳渾、濟用監副正禹世謙、司僕寺正朴永俊、司僕寺副正任輔臣、弘文館校理鄭宗榮、副校理

232) 양기(梁冀)와 양국충(楊國忠).
233) 작은 청렴과 근신.

朴民獻、工曹正郎李增榮、內贍寺直長金夢佐十九人，　以廉謹被選. 尚衣院直長金思謹、義盈庫直長趙容二人，以勤謹被選. 大司憲李浚慶、同知中樞府事任虎臣·周世鵬、同副承旨金鎧、前大司成李滉、典翰宋贊、部將許世麟、軍器寺別坐安潛、行司勇金彭齡、司宰監正姜允權十人，以廉謹被選，而因病未參. 外任廉謹人，　會寧府使李榮、江界府使金洵、羅州牧使吳祥、尚州牧使申潛、密陽府使金雨、溫陽郡守李重慶、醴泉郡守安從琠、江陵府使金擴、新溪縣令兪彥謙、金溝縣令卞勳男、韓山郡守金若默、知禮縣監盧禛、杆原縣監辛士衡、善山居前郡守金就文十四人，各賜鄉表裏一襲.

【史臣曰：“嗚呼！夫人可欺，惟天不容僞. 與選者，其能皆無愧於內省乎？ 推選不精，故非但物議笑之，被選之中，亦自有羞與爲比者焉. 然當國之元衡、通源，不得與焉，燻灼之威，亦有所不及乎！”】

【史臣曰：“被選之中，豈無數三廉謹之士哉？ 然或失身於權貴之門，或受賂於昏夜之間，混然雜進，徒竊美名，飲酒聽樂，內省無咎者，幾何人哉？ 況尹元衡挾梁、楊之勢，肆貪濫之慾，將至於不奪不厭. 此可以革豺狼之心，而興廉謹之風乎？ 臣未知其可也.”】

【史臣曰: "內需、私帑之政方急, 而欲以此聳勤淸愼之人, 其於群下之莫予信, 何哉? 而況被選者, 其間雖有一二可人, 而小廉曲謹, 眞贋莫知, 吹竽之混, 識者笑之. 又況不貪爲寶, 執事如祭者, 不無其人, 而不見省於時宰, 是可謂公選乎?"】

10. 명종 8년(1553, 계축) 7월 4일 : 원계검 등에게 관직을 제수하다.

원계검(元繼儉)을 경상도 관찰사로, 유순선(柳順善)을 홍문관 부교리로, 기대항(奇大恒)을 사간원 헌납으로, 이영(李榮)을 함경남도 병마절도사로 삼았다. 【이영은 영남 사람이다. 군졸들을 잘 보살펴 주었으므로, 관리와 백성들이 공경하고 사랑하였다.】

以元繼儉爲慶尙道觀察使, 柳順善爲弘文館副校理, 奇大恒爲司諫院獻納, 李榮爲咸鏡南道兵馬節度使 【榮, 嶺南人也. 撫恤軍卒, 吏民畏愛.】

11. 명종 9년(1554 갑인) 6월 12일 : 이영, 최수인, 권첨에게 관직을 제수하다

이영(李榮)을 함경북도 병마절도사로, 최수인(崔守仁)을 함경남도 병마절도사로, 권첨(權詹)을 경흥 도호부사(慶興都護府使)로 삼았다.

以李榮爲咸鏡北道兵事節度使, 崔守仁爲咸鏡南道兵馬節 [使] , 權詹爲慶興都護府使.

12. 명종 9년(1554, 갑인) 6월 14일 : 사헌부가 북방의 일에 대해 논하고 대책을 고하다.

헌부가 아뢰기를,

"북방의 일은 매우 놀랍습니다. 자세하게 처치하는 일은 전적으로 주장(主將)에게 달려 있는데 지금 신중하지 않았다가 한번 기회를 잃게 되면 뒷날 백사람을 죄준다 하더라도 후회막급일 것입니다.

지난 신해년(성종 22, 1491) 성종(成宗)께서는 중신(重臣)을 특별히 뽑아 성준(成俊), 허종(許琮)을 감사(監司)와 병사(兵使)로 삼아 친히 유서(諭書)를 지어 위로하고 보내셨습니다. 그래서 60년 동안 국경이 편안하여 조두(刁斗)의 경계를 듣지 못하였습니다. 그런데 요즘에 남북의 병사(兵使: 병마절도사)로 차견(差遣)234)된 사람들에 대하여 신들은 그들의 재능이 변방을 수어하는 임무에 합당한지 모르겠습니다.

지금의 주장(主將)의 책임은 평시와는 아주 달라서 방수(防戍: 방어)의 조치만을 하는 것이 아니라 성 밑의 오랑캐를 어루만져 그들의 마음을 얻은 다음에야 북방을 무사하게 보전할 수 있습니다. 만약 방수의 시급함만을 알고 사납게 제멋대로 굴며 변민(邊民)을 구하지 않고 성 밑의 오랑캐를 어루만지지 않아 배반하고 흩어져 버리게 되면 안정시키고자 한들 되겠습니까. 조정의 관리들을 연방(延訪)235)하여 널리 의논해서 차견하여 후회가 없도록 하소서."

하니, 답하기를,

"성종조 때는 북정(北征)으로 인해서 성준과 허종을 특별히 보내었다. 지금 변장은 방어만 할 뿐이다. 이영(李塋)과 최수인(崔守仁)은 장수가 될 만하므로 이미 차출하라고 명하였다. 이제 조정 대신을 연방하여 널리 의논해서 선택한다 하더라도 이외에 또 몇 사람이나 있을지 알지 못하겠다." 하였다.

---

234) 임명하여 보냄.
235) 여러 신하를 불러들여 정사에 대하여 묻는 일.

憲府啓曰: "北方之事, 至爲駭愕. 委曲處置, 全在主將, 今不愼重, 至於一失其機, 則他日雖罪百人, 悔之無及. 往在辛亥之歲, 成廟特選重臣, 以成俊、許琮爲監司、兵使, 親製諭書而慰遣之, 故六十年來, 邊境晏然, 不聞刁斗之警矣. 今者差遣南北兵使之人, 臣等未知其才之能合於守禦之任也. 今之主將之責, 殊異於平時, 非徒防戍之措置, 鎭撫城下之胡, 皆得歡心, 然後北方可保無事. 若徒知防戍之爲急, 而暴戾自恣, 不恤邊民, 不無城胡至於離心而渙散, 則雖欲鎭安, 其可得乎? 請延訪朝廷, 廣議差遣, 俾無後悔." 答曰: "成宗朝因北征, 特遣成俊、許琮矣, 今則邊將, 但防禦而已. 李榮、崔守仁堪爲將帥, 故已命差出. 今雖延訪朝廷, 廣議遴選, 未知此外, 復有幾人也."

13. 명종 9년(1554, 갑인) 7월 3일 : 남눌우지개의 야춘천가에서의 거주 여부에 관해 비변사가 아뢰니 전교하다.

비변사(備邊司)가 아뢰기를,

"남눌우지개(南訥于知介)가 야춘천(也春川) 가에 와서 살고 있으니, 살게 할 것인지에 대한 편리 여부와 조치할 방략에 관한 것을 전 병사(兵使) 이사증(李思曾)이 조치하여 계품하지는 않고 단지 아무 곳에 와서 산다는 것만 말하여 조정에서 처치하기를 기다렸으니 매우 온당하지 못합니다. 지금 이사증은 체직되었고, 새 병사 이영(李榮)은 남도(南道)에서 부임했기 때문에 조정의 의논을 알지 못할 것입니다. 합당하게 조치할 방략과 사세의 편리 여부를 잘 살펴 계문하게 한 다음에 다시 의논하여 시행해야 할 것입니다. 하서(下書)하소서."

하니, 아뢴 대로 하라고 전교하였다.

備邊司啓曰: "南訥于知介來居于也春川邊, 去住便否及方略之事, 前兵使李思曾, 不爲措置啓稟, 而只言某處來接, 以待朝廷之處置, 甚爲未便. 今李思曾已遞, 新兵使李榮, 自南道赴任, 故亦不知朝廷之議論矣. 其方略措置之宜及事勢便否, 詳審啓聞, 更議施行矣. 請下書." 傳曰: "如啓."

14. 명종 9년(1554, 갑인) 8월 23일 : 삼공이 북도 병사 이영의 충직함을 포상할 것을 아뢰다.

사인이 삼공의 뜻으로 아뢰기를,

"북도 병사 이영(李榮)은 본래 청렴하고 소탈한 사람으로 국가 일에 마음을 다하고 가정 살림은 돌보지 않은 채 10여 년 동안이나 오래 서북(西北)에 있었습니다. 지난해에 남도 병사가 되었을 때에야 비로소 그의 아내를 데리고 가 겨우 8~9개월을 지냈는데 또 북도 병사가 되자 그의 아내가 이 때문에 병이 나 남도의 임지(任地)에서 죽었고, 또 호상(護喪)하여 귀장(歸葬)할 자제도 없다고 합니다. 몹시 불쌍하니 지나가는 일로(一路)에서 호송하도록 하고, 조묘군(造墓軍) 및 장사에 쓸 것도 제급하도록 하며, 아울러 이영에게 하유(下諭)한다면 반드시 감격할 것입니다. 또 이 사람이 의복을 제대로 갖추지 못했는데 지금 몹시 추운 지역에 가게 되었으니, 방한 장비도 아울러 내리도록 하여 다른 사람들이 보고서 격려되게 하는 것이 어떻겠습니까?"

하니, 아뢴 대로 하라고 전교하였다.

舍人以三公意啓曰: "北道兵使李榮, 本以淸簡之人, 盡心國事, 不顧家産, 十餘年間, 長在西北. 前年爲南道兵使時, 始率其妻, 纔過八九朔, 而又爲北道兵使. 其妻以此得病, 死於南道任所, 且無護喪歸葬子弟云. 哀矜莫甚. 請於所經一路護送, 而造墓軍及葬資, 亦令題給, 竝下諭於李榮, 則亦必感激矣. 且此人衣服不備, 今往苦寒之地, 御寒之具, 竝令賜給, 使他人觀瞻激勵何如?" 傳曰: "如啓."

15. 명종 10년(1555, 을묘) 4월 5일 : 함경도 관찰사 김광진이 북방의 일을 장계한 것을 비변사에 계하하다.

함경도 관찰사 김광진(金光軫)이 장계(狀啓)하기를,

"신이 병사(兵使) 이영(李榮)과 함께 심처야인(深處野人)과 성저 야인(城底野人)이 서로 싸웠던 곳을 답사해 보니, 신이 들었던 것과 온성부(穩城府)의 첩보(牒報)가 같았습니다. 변방의 사정은 호인(胡人) 서응(鋤應), 서을귀(鋤乙貴)의 족속들이 매우 번성하였는데 흉악하고도 사납습니다. 그런데 이제 많이 살륙(殺戮)당하고 돌아갔으므로 반드시 보복할 마음을 가질 것이어서, 변방의 환란이 이로부터 끊이지 않게 될까 싶어 사람들이 모두 염려하고 있습니다.

어떤 사람은 말하기를, '서응, 서을귀가 나올 적에 이마퇴(尼亇退) 【지명이다.】 부락(部落)이 먼저 그 소식을 알고서 달아나 숨거나 도피하여 혹 연대(烟臺) 위로 뛰어 들어가기도 했는데 적호(賊胡)들이 숨은 사람들을 잡으려고 장성(長城)으로 진입(進入)하여 연대를 둘러쌌다. 그때 변장(邊將)이 군사의 위세만 보이고 교전(交戰)은 하지 않으면서 역관(譯官)을 보내어 침입한 이유를 힐문(詰問)하고 완곡(婉曲)한 말로 타일러 포위를 풀고서 가도록 했었다면, 피차간에 영구히 근심이 없게 되었을 것이다.'고 했습니다.

또 어떤 사람은 말하기를 '저 적호들이 비록 저희들끼리 서로 죽인 것이라고는 하지만, 단지 강을 건너 침범하기만 한 것이 아니라 성

안까지 돌진(突進)하여 들어와 연대를 둘러쌌으므로 변장이 부득이 군사를 내어 공격하여 죽여 국가의 위엄을 보인 것이다.'고 했습니다.

　신의 망령된 생각에도 역시 적들이 군사를 1천여 명이나 거느리고 불시에 달려 들어와 조금도 두려움이나 기탄없이 우리 연대를 포위하고서 성읍(城邑)을 내려다보았다면 우리나라를 깔보는 상황이 차마 말할 수 없었을 것으로 여겨집니다. 하물며 우리 군사가 도착했을 때 저들이 먼저 활을 쏘아 접전(接戰)하면서, 한편으로는 변방 방어의 준비가 허술한지 실한지를 엿보고, 한편으로는 방어를 잘 하는지 못 하는지를 탐지했다가 뒷날에 많은 군사를 내어 쳐들어올 계책을 하는데 이겠습니까. 그러니 변장으로서는 비록 군사들을 출동시켜 쳐 죽여서 한 명의 적도 돌아가지 못하게 하였더라도 오히려 통분한 마음이 씻어지지 않았을 것입니다. 더구나 가부를 물어서 저들 스스로가 해산하여 가게 하는 것은 싸움에 임한 장사(將士)들로서는 하려고 하지 않는 것입니다."

　하였는데, 비변사(備邊司)에 계하(啓下)하였다.

　咸鏡道觀察使金光軫狀啓曰 ： 臣與兵使李榮看審深處胡人與城底胡相戰處, 臣之所聞, 與穩城府牒報一樣. 邊情則胡人鋤應、鋤乙貴族類蕃盛, 亦甚兇悍. 今旣多被殺戮而還, 必懷報復之心, 邊患恐從此不絕, 人皆爲慮. 而人或有言： "鋤應、鋤乙貴出來之時, 尼亇退【地名】.部落, 先知其奇, 奔竄逃匿, 或投入于烟臺上, 賊胡等欲搜捕隱匿者, (退) [進] 入長城, 圍立烟臺, 爲邊將者當觀兵示威, 不與交戰, 遣譯官詰其侵犯之由, 婉辭開諭, 使解圍而去, 則彼此永爲無患." 又有言: "彼賊胡雖曰自中讐殺, 而非但越江侵犯, 至於突入城內, 圍烟臺, 則邊將不得已發兵擊殺, 以示國威." 臣之妄意, 亦謂彼賊等, 率兵千餘, 不意馳入, 圍我烟臺, 俯臨城邑, 略無畏忌, 其輕蔑國家之狀, 不可忍言. 況我軍之至, 先自發射接戰, 一以窺邊備之虛實, 一以探扞禦之緊歇, 以爲他日擧衆闌入之謀, 爲邊將者, 雖縱兵擊殺, 使一兵不返, 猶未快於痛憤之心. 況通問可否, 使自解去, 臨戰將士所不肯爲也. 啓下備邊司.

16. 명종 10년(1555, 을묘) 4월 15일 : 함경북도 병사 이영이 시라손의 일을 계본으로 올리니 그대로 따르다.

함경북도 병사 이영(李榮)의 계본(啓本)에,

"초관(草串)을 토벌할 적에 포로로 잡은 호녀(胡女) 및 아이들과 마필(馬匹)을 당초 시라손(時羅孫)【호인(胡人)의 추장(酋長) 이름이다.】이 항복해 왔을 때에 만일 바로 내 준다면 국가의 위엄을 손상하게 될 듯했습니다마는, 이제는 성심으로 섬기고 있으니 마땅히 돌보아 주는 뜻을 보이어 귀부(歸付)하는 마음을 굳히도록 해야 하겠습니다. 만일 이번에 포로가 된 사람들을 돌려준다면 감격스럽게 여기는 마음을 저절로 품지 않을 수 없을 것입니다.

그러니 서울에 올라간 호인(胡人)들에게 한 예 대로 의복 등의 물건을 사급(賜給)하여 후하게 주고, 역관(譯官)을 시켜 본도(本道)로 데리고 가게 해서 시라손 등 추장을 불러다 음식을 대접하고, 저들에게 모여살 만한 곳을 내주어 성심으로 국가를 섬겨 은덕을 갚도록 권면하되, 만일 혹시라도 어기는 짓을 한다면 다시 토벌을 가하여 남김없이 섬멸하겠다고 반복해서 타이르는 것이 어떻겠습니까?"

하였는데, 상이 그대로 따랐다.

咸鏡北道兵使李榮啓本, "草串征討時, 所擄胡女及兒子、馬匹, 當初時羅孫【胡酋名.】來降時, 若便給還, 則似損國威, 今則誠心納款, 當示撫恤之意, 固結歸附之情. 今若給還所擄, 則其感激之誠, 自不能已. 依上京胡人例, 衣服等物賜給厚饋, 令譯官, 領還本道, 招時羅孫等酋, 饋餉給他完聚, 勉以誠心向國, 以報鴻恩. 如或違背, 更加征討, 殄殲無遺, 反覆開諭何如?" 上從之.

17. 명종 10년(1555, 을묘) 7월 19일 : 이영을 동지중추부사로, 최수인을 가선 대부 함경북도 절도사로 제수하다.

이영(李榮)을 동지중추부사로, 최수인(崔守仁)을 가선대부 함경북도 절도사로 삼았다. 【병조가 조정의 의논이라고 핑계를 대고 주의(注擬) 하여 품질(品秩)을 높였다.】

以李榮爲同知中樞府事, 崔守仁爲嘉善大夫咸鏡北道節度使. 【兵曹托以朝議注擬增秩.】

18. 명종 10년(1555, 을묘) 7월 21일 : 간원이 함경북도 병사 이영의 죄를 묻기를 아뢰다.

간원이 아뢰기를,

"함경북도 병사 이영(李榮)은 지난 갑인년(명종 9, 1554) 6월에 제수되어 부임하였으니 이는 개만(箇滿) 된 것이 아닙니다. 남도(南道)에서의 전임(前任) 일수까지 아울러 계산하여 슬며시 체임(遞任), 경솔히 법전(法典)을 무너뜨렸으니 매우 온당하지 못합니다. 구례(舊例)

에 따라 달 수가 찰 때까지 잉임(仍任)시키고, 해조(該曹)236)의 관리
도 아울러 추고(推考)하여 뒷날 제멋대로 하는 길을 막게 하소서.”

하니, 답하기를,

“아뢴 대로 하라. 해조는 추고할 필요가 없다.”

하였다.

사신은 논한다. 남도 병사 최수인(崔守仁)은 바로 병조판서 정사룡
(鄭士龍)이 평소 보호하던 자이다. 사룡이 수인을 가선(嘉善)의 직책
으로 끌어올리려 했는데 그러기 위해서는 북도가 아니면 안 되므로
이영을 개만이 되었다고 하여 슬며시 계청(啓請)하여 멋대로 체임시
켰으니, 그 기망한 것이 매우 극심하다. 아, 작상(爵賞)을 공이 없는
사람에게 주는 것은 비록 임금이라 하더라도 임의로 하기가 어려운
것인데, 지금 수인은 공이 없으면서도 갑자기 허리에 금대(金帶)를
두르는 영광을 얻었으니, 이는 작상이 위에서 나오지 아니하고 아래
에서 나온 것이다. 사룡이 권병(權柄)을 마음대로 휘두름이 역시 너
무 심하다.

諫院啓曰: “咸鏡北道兵使李榮, 去甲寅年六月, 除授赴任, 則是
未箇滿也. 而幷計前任南道日數, 隱然遞任, 輕毀法典, 極爲未便.

---

236) 해당 관청.

請依舊例, 準朔仍任, 該曹官吏, 幷命推考, 以杜後日擅便之路."
答曰: "如啓. 該曹不須推考."

【史臣曰: "南道兵使崔守仁, 乃兵判鄭士龍之素護者也. 士龍
欲陞守仁於嘉善之職, 而非北道不可, 故以李榮爲箇滿, 隱然啓請,
擅自遞任, 其欺罔極矣. 噫! 爵賞加之於無功之人, 雖人主有所難
便. 今守仁無功, 而驟得腰金之榮, 是爵賞不出於上而出於下也.
士龍之擅弄權柄, 亦已(其) 〔甚〕 矣."】

19. 명종 10년(1555, 을묘) 윤11월 22일 : 정원에 이준경을 구 임하도록 전교하다.

정원(政院)에 전교하였다.

"의득(議得)237)을 보니 영상은 전조(銓曹)가 주의(注擬)해야 한다
고 하고, 좌상은 이준경(李浚慶)을 판서로 삼는 것이 적당하다고 하
며, 우상은 중조(中朝)의 예에 의거하여 실겸판서(實兼判書)238) 를
뽑아야 한다고 하는데, 두 사람의 판서를 내더라도 별로 할 일은 없

237) 어떤 일에 대처할 좋은 계책이나 방책을 의논하여 얻어냄.
238) 실직과 겸직의 두 판서.

을 것이다. 또 이명규(李名珪)를 실판서로 삼아야 한다고 하는데, 양계(兩界)의 감사를 잇달아 개차(改差)해서는 안 되니, 이준경을 그대로 우찬성(右贊成)에 있게 하여 겸판서로 삼고 이영(李榮)을 참판으로 삼도록 하라. 요즈음 보건대, 이조와 병조의 판서는 권한이 중대하다고 여겨 양 도목(兩都目)이 경과하면 반드시 사양하여 체임(遞任)하는데, 이준경은 구임(久任)하게 하라."

傳于政院曰: "見議得, 則領相以爲, 銓曹自當擬之云, 左相以爲, 當以李浚慶爲判書云, 右相以爲, 依中朝例, 出實兼判書云, 出二判書, 別無所爲之事矣. 且以李名珪爲實判書云, 兩界監司, 不可續續改差. 其以李浚慶, 仍帶右贊成, 爲兼判書, 李榮爲參判. 近來見之, 則吏、兵曹判書, 以爲權重, 而經兩都目, 則必辭遞焉, 李浚慶則久任可也."

20. 명종 10년(1555, 을묘) 윤11월 22일 : 이준경, 정사룡, 이영, 이몽량 등에게 관직을 제수하다.

이준경(李浚慶)을 의정부 우찬성 겸 병조판서로, 정사룡(鄭士龍)을 판중추부사로, 이영(李榮)을 병조참판으로, 이몽량(李夢亮)을 동지중추부사로, 이감(李戡)을 황해도 관찰사로, 이희검(李希儉)을 사헌부 장령으로, 목첨(睦詹)을 홍문관 교리로, 김의윤(金懿胤)을 사간원 헌납으로, 김귀영(金貴榮)을 이조정랑으로 삼았다.

以李浚慶爲議政府右贊成兼兵曹判書, 鄭士龍爲判中樞府事, 李榮爲兵曹參判, 李夢亮爲同知中樞府事, 李戡爲黃海道觀察使, 李希儉爲司憲府掌令, 睦詹爲弘文館校理, 金懿胤爲司諫院獻納, 金貴榮爲吏曹正郎.

21. 명종 11년(1556, 병진) 8월 1일 : 이명, 권철, 김광진 등에게 관직을 제수하다.

이명(李蓂)을 형조판서로, 권철(權轍)을 전라도 관찰사로, 김광진(金光軫)을 병조참판으로, 유강(兪絳)을 경상도 관찰사로, 이영(李榮)을 평안도 절도사로 삼았다. 【이영은 벼슬살이를 함에 있어 성품이 청간(淸簡)하고 변방의 일에 두루 익숙하였다. 녹봉을 나누어 일가를 구제하였다.】

以李蓂爲刑曹判書, 權轍爲全羅道觀察使, 金光軫爲兵曹參判, 兪絳爲慶尙道觀察使, 李榮爲平安道節度使.【榮居官淸簡, 備諳邊務. 分其祿俸, 周急族屬.】

22. 명종 12년(1557, 정사) 2월 17일 : 평안도 어사 김덕룡의 단자를 정원에 내리다.

평안도 어사 김덕룡(金德龍)의 단자(單子)를 정원에 내리면서 일렀다.

"병사 이영(李榮)은 군졸을 무휼하고 방비하는 기계를 마음을 다해 조치하였으며 의주목사 유중영(柳仲郢)은 선정(善政)이 특이하여 치효(治效)가 드러났으니, 각각 향표리(鄕表裏)[239] 1습(襲: 벌)씩을 하사하라. 철산군수(鐵山郡守) 김세문(金世文)과 개천군수(价川郡守) 김우서(金禹瑞)는 강명(剛明)하여 선정이 있었으니 체직되어 올 때에 승진시키고, 고산리 첨사(高山里僉使) 한호(韓豪)는 군졸을 잘 무휼(撫恤)하였으니 체직되어 올 때에 동반(東班)에 서용토록 하라."

사신은 논한다. 이영은 무관으로 기용되어 여러 번 병사와 수령을

---

239) 우리나라에서 나는 옷감의 표리.

역임하였는데도 행리(行李)가 쓸쓸하고, 유중영은 어려운 일을 처리할 수 있는 재주가 있어 이르는 곳마다 치적이 있었다.

下平安道御史金德龍單子于政院曰: "兵使李榮, 撫恤軍卒, 防備器械, 盡心措置, 義州牧使柳仲郢, 善政特異, 治有異效. 各鄕表裏一襲賜給. 鐵山郡守金世文、价川郡守金禹瑞, 剛明有善政, 遞來時陞職. 高山里僉使韓豪, 撫恤軍卒, 遞來時東班敍用."

【史臣曰: "李榮, 起自武人, 累歷兵使、守令, 而行李蕭然, 柳仲郢, 才能治劇, 所至有聲績."】

23. 명종 12년(1557, 정사) 9월 18일 : 지경연사 이준경이 수군 자손의 쇄환과 육진의 일 등에 대해 아뢰다.

상이 조강에 나아갔다. 지경연사 이준경이 아뢰기를,

"수군의 자손들로서 도첩(度牒)을 받아 중이 된 자를 쇄환(刷還)하는 일은 이미 공사(公事)를 만들었습니다. 중이 된 자를 지금 비록 쇄환할지라도 그 숫자가 얼마나 되겠습니까. 다만 수군이 쇠잔하기가 지금보다 심한 적이 없습니다. 만약에 그 단서를 연다면 점차 허술하게 될 것입니다. 요사이 재변을 보면, 모두 병사(兵事)의 조짐이며, 천시(天時)와 인사(人事)로서 볼지라도 변방에 근심이 없지 않은데 군액(軍額)이 날로 줄어드니 극히 한심스럽습니다. 상께서 마땅히 여기에 유념하여 모든 군졸로서 다른 역(役)에 투속한 자를 일체 쇄환하여 그 수를 채우게 하는 것이 옳습니다.

지난번에 평안평사(平安評事)【이경우(李慶祐)】가 서울에 와서 병사 이영(李欞)의 말을 신에게 전하기를 '서해평(西海坪)【강계(江界) 지경에 있다.】에 와서 농사짓는 오랑캐들이 전에 철수하여 돌아갔다는 말이 있었는데, 이제 본즉 단지 바라보이는 곳만 철수하고 보이지 않는 곳에는 거주하는 자가 매우 많다.【지난 임자년간에 방호의(方好義)가 평안도 절도사로 서해평에 사는 오랑캐들을 잘 달래어 모두 본토로 돌아가게 한 공으로 특별히 자헌(資憲)에 가자되었었다. 그러나 사실은 모두 다 본토로 돌아간 것이 아니라 바라보이는 곳에 사는 오랑캐들이 잠시 보이지 않는 곳으로 옮겨간 것인데 호의(好義)가 거짓으로 아뢰어 중한 상을 받은 것으로 물의(物議)가 지금도 통분해 한다. 준경이 전에 철수하여 돌아갔다고 말한 것은 대개 이것을 가리킨 것이다.】아무리 여러모로 깨우치며 달래고 혹 군사를 일으켜 몰아내겠다고 겁을 주어도 전혀 다시 돌아갈 뜻이 없고, 이에 말하기를 「죽음을 당할지언정, 가기를 원하지 않는다. 만일 강제로 철거하게 하면 우리들도 또한 어찌 방어하지 않겠는가?」하니, 이는 반드시 우리나라의 실정을 깊이 알고서 이같이 가벼이 여기고 모독하는 것이다. 군사를 요해처(要害處)에 매복시켰다가 와서 경작하는 자를 만난다면 하나하나 잡아서 목을 잘라 걸어서 엄한 위엄을 보일 경우 싸움의 실마리가 일어날 폐단이 없지 않으니 이것 또한 걱정하지 않을 수 없다. 또 북도의 오랑캐 탈렬(脫列)【회령(會寧)의 성저야인(城底野人)이다.】 부락이 매우 번성하였는데 형세가 만약 더 불어난다면 또한 작은 걱정이 아니다.' 하였습니다.

신이 육진(六鎭)의 일에 대해 들으니, 전에는 혹 문관으로써 교대로 임명하기도 하고 혹은 감군어사(監軍御史)【경술년에 처음 감군어사를 함경도, 평안도, 전라도, 경상도에 두었다가 6년 후인 을묘년에 도로 폐지했다.】가 있어서 변장이 두려워하여 움츠리는 뜻이 있었다고 합니다. 그런데 지금은 이미 감군어사가 없고, 또 오로지 무인으로써 뽑아 보냄으로써 변장이 조금도 두려워하고 꺼리지 않습니다. 야인의 초피(貂皮)[240] 등과 같은 물건을 억지로 사고자 하다가 저들로 하여금 혹 원망하고 배반할 마음이 생기게 하면 이 또한 근심스러운 일입니다.

조종조(祖宗朝)에 육진의 수령을 반드시 문관으로써 교대로 차임한 것은 문관이 능히 적을 막는다고 해서가 아닙니다. 이웃 진(鎭)의 무인으로 하여금 두려워하고 꺼리는 바가 있게 하고자 함이며 또 그들로 하여금 변방의 일을 자세히 알게 하고자 해서입니다. 성준(成俊)이나 허종(許琮) 같은 사람은 젊어서 평사, 도사가 되었으므로 【모두 세조 때 평사, 도사가 되었다.】 변방의 일을 자세히 알았기 때문에 마침내 출장입상(出將入相)하였다고 합니다. 그런데 지금은 문관은 적을 막지 못한다고 하여 오로지 무부를 뽑아 보내니 이는 매우 불가합니다. 전조(銓曹)가 비록 때때로 문관을 주의(注擬)하여 차임하고자

---

240) 담비 가죽.

196

해도 사람들이 모두 기피하고 혹 문관이 차임되어도 논계하여 체직시키는데【김덕룡(金德龍)이 인산첨사(隣山僉使)가 되었는데 대간이 아뢰어 체직시켰다.】 이는 더욱 불가합니다. 만일 상께서 대간이나 시종(侍從) 중에서 특명으로 뽑아 보낸다면 무슨 불가한 점이 있겠습니까. 오늘의 대간이나 시종은 곧 후일의 재상입니다. 재상이 변방의 사정을 잘 안 연후에야 정략[運籌]을 운영할 수 있습니다."

하고, 영경연사 윤개(尹漑)가 아뢰기를,

"준경이 아뢴 것이 마땅합니다. 지금 급한 일은 군정보다 더한 것이 없습니다. 상께서 마땅히 오로지 이 점을 생각하시어 군액을 채운다면 크게 다행이겠습니다. 지금에 쇄환할 수 있는 것이 어찌 수군의 자손들뿐이겠습니까. 양계(兩界)의 일도 미리 조치하지 않으면 안 됩니다. 육진에 문관을 교대로 차임하는 것은 마땅히 조종조의 예를 따르는 것이 좋습니다. 한 문관이 비록 적을 제재하지 못할지라도 군민(軍民)을 어루만지고 구휼하며, 오랑캐들을 진정시켜 교화하는 데는 어찌 유익하지 않겠습니까. 신하를 아는 데는 임금만한 사람이 없으니 상께서 어찌 시종(侍從) 중에 적격자가 있는 줄을 모르겠습니까. 관직의 높고 낮음을 가리지 말고 특명으로 보낸다면 그 사람 또한 감격하여 보답하기를 생각할 것입니다."

하고, 준경이 또 아뢰기를,

"종성(鍾城), 회령(會寧), 경원(慶源) 같은 진에는 판관(判官)도 또한 문관으로 임명하여야 합니다."

하고, 윤개가 또 아뢰기를,

"판관은 하관(下官)이어서 사체에 얽매여 마음대로 처리를 못하는 자가 많습니다. 부사(府使)를 문관으로 뽑아 보내야 합니다."

하니, 상이 이르기를,

"군정이 가장 긴중한 것이 참으로 아뢴 바와 같다. 위에서도 유념하지 않는 것은 아니다. 수군의 자손을 비록 쇄환하더라도 그 수가 얼마 되지 않으니 다만 소요스러울 뿐이다. 육진의 부사를 문관으로 교대로 차임하는 것은 어찌 유익하지 않겠는가."

하였다.

上御朝講. 知經筵事李浚慶曰: "水軍子枝受度牒爲僧者刷還事, 已爲公事矣. 爲僧者, 今雖刷還, 其數有幾哉? 但水軍凋殘, 莫甚於今時. 若開其端, 漸至虛疎矣. 近觀災變, 皆是兵象. 以天時人事觀之, 不無邊患, 而軍額日縮, 極爲寒心. 自上當留念於此, 凡軍卒之投屬他役者, 一切刷還, 使實其額可也. 頃者平安評事【李慶祐】到京, 將兵使李榮之言, 語臣曰: '西海坪【在江界地境】來耕胡人, 前有撤還之語, 而今觀之, 則只撤於望見之處, 而其所未見處, 居住者甚衆.【頃在壬子年間, 方好義爲平安道節度使, 以開

198

諭西海坪胡人, 盡數撤還本土之功, 特授資憲之加. 其實則非盡數撤還本土也, 其所望見處居住胡人, 姑爲移居於所未見之地, 而好義欺罔啓聞, 得受重賞, 物議至今痛之. 浚慶所謂前有撤還之語者, 蓋指此也.】雖開諭百端, 或刦之以擧兵驅逐, 而頓無撤還之意, 乃曰: 「有死而已, 不願去也. 若強使撤去, 則我等亦豈無防禦之事乎?」 此必深知我國之情, 而輕侮若此也. 欲伏兵要害之處, 如遇來耕者, 一一擒斬梟掛, 以示嚴威, 而不無惹起釁端之弊, 此亦不可不慮也. 且北道胡人脫列【會寧城底胡】部落, 甚爲熾盛, 勢若滋蔓, 亦非細慮.' 臣聞六鎭之事, 向者或以文官交差, 或有監軍御史,【庚戌年初置監軍御史于兩界及兩南, 越七年乙卯還廢.】故邊將似有畏縮之意, 今則旣無監軍御史, 又專以武人差遣, 以故邊將, 略無畏忌. 如野人貂皮等物, 抑勒貿買, 使彼人, 或生怨叛之心, 此亦可憂也. 在祖宗朝, 六鎭守令, 必以文官交差者, 非以文官爲能禦敵也. 欲使隣鎭武人, 有所畏忌, 而又欲使之審知邊事也. 如成俊、許琮, 自少爲評事、都事,【皆於世祖朝爲評事、都事.】審知邊事, 故終能出將入相云. 今者例以文官, 不可以禦敵, 專以武夫差遣, 甚不可也. 銓曹雖間欲以文官擬差, 而人皆厭避, 或爲之論遞,【金德龍爲麟山僉使, 而臺諫啓遞.】此尤不可也. 若自上於臺諫、侍從之中, 特命差遣, 則有何不可哉? 今之臺諫、侍從, 乃他日之宰相也. 宰相審知邊情, 然後可以運籌矣." 領經筵事尹漑曰: "浚慶之啓當矣. 當今急務, 無如軍政. 自上當念念在此, 以實軍額幸甚. 今之所可刷還者, 豈特水軍子枝而已乎? 兩界之事, 亦不可不預措也. 六鎮之交差文官, 當依祖宗朝例爲之可也. 一文官雖不能制敵, 而其於撫恤軍民, 綏化胡人, 豈不有益也? 知臣莫如君. 自上豈不知侍從, 有可當之人乎? 不計爵秩高下, 特命遣之, 則其人亦知感激思報矣." 浚慶又曰: "如鍾城、會寧、慶源等鎮判官, 亦可以文官差之也." 溉又曰: "判官則下官也, 礙於事體, 不能獨斷者多矣. 府使宜以文官差遣." 上曰: "軍政最爲關重, 誠如所啓. 自上亦非不留念也. 水軍子枝, 則雖刷還, 其數不多, 只爲騷擾而已. 六鎮府使, 以文官交差, 則豈無益哉?"

24. 명종 17년(1562, 임술) 8월 6일 : 이중경, 송찬, 김백균 등에게 관직을 제수하다.

이중경(李重慶)을 사헌부 대사헌으로【특지(特旨)로 초배(超拜)하였다.】, 송찬(宋贊)을 승정원 좌부승지로, 김백균(金百鈞)을 사간원 대사간으로【특지이다.】, 권신(權信)을 사헌부 집의로, 강극성(姜克誠)을 사간원 사간으로, 조덕원(趙德源)을 세자 시강원 보덕으로, 이광진(李光軫), 홍인헌(洪仁憲)을 사헌부 장령으로, 박근원(朴謹元)을 홍문관 부응교로, 박소립(朴素立), 이중호(李仲虎)를 사헌부 지평으로, 김경원(金慶元)을 사간원 헌납으로, 정엄(鄭淹), 안지(安祉)를 정언으로, 이영(李榮)을 경상우도 병마절도사로, 곽흘(郭屹)【무인으로서 전에 전라우도 수사가 되어서 군졸들을 잘 어루만져 통솔하였으므로, 군졸이 그를 사랑하고 좋아하였다.】을 함경북도 병마절도사로 삼았다.

以李重慶爲司憲府大司憲,【特旨, 超拜.】 宋賛爲承政院左副承旨, 金百鈞爲司諫院大司諫,【特旨也】 權信爲司憲府執義, 姜克誠爲司諫院司諫, 趙德源爲世子侍講院輔德, 李光軫、洪仁憲爲司憲府掌令, 朴謹元爲弘文館副應敎, 朴素立、李仲虎爲司憲府持平, 金慶元爲司諫院獻納, 鄭淹、安祉爲正言, 李榮爲慶尙右道兵馬節度使, 郭屹【武人, 曾爲全羅右道水使, 善於撫御, 軍卒愛悅.】爲咸鏡北道兵馬節度使.

25. 명종 18년(1563, 계해) 1월 20일 : 심봉원, 이영, 민응서, 유전, 황삼성, 박소립, 윤임 등에게 관직을 제수하다.

심봉원(沈逢源)을 동지돈령부사로,【특지(特旨)이다.】 이영(李榮)

【무반(武班)으로 발신하였는데 청렴 검약하였다.】을 부호군으로, 민응서(閔應瑞)를 경상우도 병사로, 유전(柳㙉)을 홍문관 부교리로, 황삼성(黃三省)【이양에게 붙어서 현요직(顯要職)을 구하였다.】을 수찬으로, 박소립(朴素立)을 병조정랑으로, 윤임(尹霖)을 첨지중추부사로 삼았다.

以沈逢源爲同知敦寧府事,【特旨 李榮【發身武班, 廉謹儉約.】爲副護軍, 閔應瑞爲慶尙右道兵使, 柳㙉爲弘文館副校理, 黃三省【依附李樑, 以求顯要.】爲修撰, 朴素立爲兵曹正郎, 尹霖爲僉知中樞府事.

26. 명종 18년(1563, 계해) 2월 22일 : 호군 이영의 졸기

호군(護軍) 이영(李榮)이 졸(卒)하였다.【경상도 병사로서 병으로 체직되었으나 병영(兵營)에서 미처 돌아오지 못하고 졸하였다. 영은 청간(清簡), 검약하였고 집에 있을 때에도 법도가 있었으며, 여러 번 병사를 지냈으나 추호도 침해하는 일이 없이 나라를 위해 충성을 다하였다. 집이 대구(大丘)에 있었는데 화재를 당하여 처자가 살 데가 없게 되자, 주상이 그 고절(苦節)을 가상히 여겨 특별히 집을 지어 내려주고 또 의복과 식량을 이어주게 하였으니, 한때의 융숭한 대우가 이와 같았다. 그러나 성질이 편협하고 급하여 형벌이 맞지 않는 것이 많았다.】

護軍李榮卒.【以慶尙道兵使病遞, 在營未還而卒. 榮淸儉簡約, 居家有法, 屢杖節鉞, 秋毫無犯, 爲國盡誠. 家在大丘, 而爲火所災, 妻子無所居, 上嘉其苦節, 特令造第以賜之, 又繼衣糧. 其一時隆遇如此也, 然性褊急, 刑罰多不中.】

괘편당실기를 번역하고

번역자가 10여 년 전 대구지역의 유학을 연구하기 위하여 자료를 수집할 때『괘편당실기』가 있다는 것을 알고 구하여 나의 서재에 보관한 지 오래되었다. 때때로 틈이 날 때 꺼내어 읽어보니 조선 최고의 청백리(淸白吏)라 하여도 손색이 없었다.

2013년 중춘에 이윤구(李輪九, 아호 省齋) 어른께서 팔공산 문화포럼 고문이신 김태락(金泰洛) 어른과 함께 나를 찾아 괘편당 선생에 대하여 말씀을 하시고 실기의 소재를 물으셨다. 그래서 내가 가지고 있음을 말씀드리고 복사하여 드렸다.

얼마 후 성재(省齋) 장(丈)께서 문중의 회장 이길준(李吉準)님과 임원인 이인구(李麟九) 경북대 교수님, 이만석(李滿錫)님, 이찬재(李燦載)님과 함께 나에게『괘편당실기』의 국역을 부탁하셨다. 내가 청을 받은 이후 학술연구와 논문저술로 국역이 늦어지게 되었다.

괘편당 선생께서 타계하신 지 금년으로 453년이 되었다. 선생에 관한 사적이 거의 민몰(泯沒) 될 즈음 방(傍) 5세손 육한공(六恨公: 諱 永喜)께서 부친 희졸헌공(喜拙軒公: 諱 碩蕃)이 제주목사로 부임함에 부친을 따라 임지로 가서 선생의 사적을 발견하고 행적을 수집하여 행록(行錄)을 찬술(撰述)한 것이 1695년(숙종 21) 12월이었으니 행록이 지어진 지 또한 금년으로 321년이 되었다.

육한공께서 행록에서 말하기를 "때때로 채색된 괘편(掛鞭)의 아래에서 바라보며 배례하니, 청풍의 여운에 황홀하여 당일 모시고 있는 것 같아 더욱 갱장(羹墻)의 마음을 이길 수 없었다."라고 하였다. 위의 글에서 육한공이 받은 감화를 확인할 수 있다. 이후 여러 후학들이 기술한 글과 통문 등을 편집하여 1932년에 실기가 발행되었다. 이 실기가 발행되기까지 많은 방손(傍孫: 아우 별좌공 諱 華 후손)과 외손이 수고를 아끼지 않았다.

괘편당의 사당 건립은 1655년(효종 6)에 최동집, 최동준에 의하여 제기되어 1701년(숙종 27)에 손단, 서치, 조학, 도이해 등이 처음으로 선생의 묘소가 있는 둔곡에 건립하였다. 이것은 손단이 지은 상향축문(常享祝文)에서 확인할 수 있다. 그러나 이때 지은 사당은 관(官)에서 허가를 받은 것이 아니었다. 이후 1729년(영조 5) 백계(百溪: 백안)에 청백사(淸白祠)가 건립되었으며, 1821년(순조 21)에 심계(心溪)로 이건하였다. 사당 건립은 한강 정구 선생의 자문을 받았다. 청백사는 서원으로 승격되었는데 고종조에 대원군의 서원철폐령으로 훼철되었다.

이후 심계(지금의 미곡동)의 자연석에 '영천이씨 청백사(永川李氏 淸白祠)'라 하고 표석을 하였는데 바위에는 다음과 같은 글이 새겨져 있다.

"괘편당의 유적이다. 매화정 옛터에서 공경히 제향을 드렸는데 제향은 끊어지고 다만 서원의 터만 남았네. 옛날에 표석이 있었는데 이끼에 매몰되어 다시 세운다.(掛鞭遺躅. 梅亭恭修, 俎豆奠撤, 只在院墟. 古有表石, 苔沒更竪)

위에서 '매화정 옛터'라고 한 것은 청백사가 매화정(梅花亭)이 있었던 터에 세워졌기 때문에 이렇게 칭한 것으로 보인다.

이담명(李聃命)은 칠곡에 거주하였는데 송담(松潭) 채응린(蔡應麟)의 사위 석담(石潭) 이윤우(李潤雨)의 증손이다. 1690년(숙종 16) 가을에 경상도 관찰사로 내려와서 이듬해 5월에 팔공산 자락으로 가서 외선조인 참봉 채홍(蔡泓)과 생원 채응린, 외외선조인 참판 이영(李榮)의 묘소에 참배하고 짧은 제문을 남겼는데 번역자가 문집에서 찾아 수록하였다. 칠곡의 광주이씨는 지금까지 선대 외가(外家)의 일에 물심양면으로 도우고 있는 것을 볼 수 있는데 참으로 아름다운 일이다.

그리고 『명종실록』에 수록된 괘편당의 사적을 발췌하여 말미에 붙였는데 실기의 내용을 증거할 수 있다. 번역에 있어서 동일한 용어가 반복되는 곳에는 문맥에 따라 표현을 달리한 곳도 있다.

논자가 심혈을 기울여 번역하였으나 미비한 점이 있을 것으로 사료된다. 번역문 뒤에 원문을 첨부하였으니 병행하여 읽기를 권한다. 내가 수백 년 후 해안(解顏) 지역에서 출생하여 선생의 유문(遺文)을 번역함에 참으로 감개가 무량하다.

이번 번역에 별좌공 후손들이 많은 정성과 물력을 제공하였다. 또 선생의 묘소를 수호하고 제향을 드리고 있으니 아름답도다. 공경하리로다.

서기 2016년 4월 일 능성(綾城) 구본욱(具本旭) 삼가 쓰다.

掛鞭堂賓紀

全

掛鞭堂世系圖

一世	二世	三世	四世	五世
大榮 高麗神虎衛大將軍封永陽君	得芬 典工判書	文卿 保勝護軍	松賢 版圖判書	洽 版圖判書

六世	七世	八世	九世	十世
釋之 號南谷李稼亭門人寶文閣大提學當偽朝致仕時年五十歸				
玄寶 副司直	甫欵 景泰丁丑以伯兄忠壯公被禍避居大邱英廟贈吏曹判書	啟陽 贈左承旨	潤根 折衝將軍贈兵曹參判	

208

龍仁南谷
至我朝
累徵不起

十一世

順孫
贈吏曹參判　即先生字
配貞夫人　顯父
華有
叅月城崔氏女
軍澣
二子榮

十二世

榮

外孫郭涌察
佐郎无嗣
奉祀

十三世

杜文

女金字容　聞韶人入監

女鄭汝諧　東萊人

女郭再謙　玄風八護軍有子溵生員

杜章　无嗣

女李春長

209

華

坐禁火司別

杜綱
女蔡泓
仁川人系
奉
女鄭渭
德郎
女朴必種
順天人通

女徐起
達城人

二

世系下添錄兄弟女壻者以表今日
外裔及倩孫之齊心共事云

掛鞭堂年譜

孝宗弘治七年成宗大王二十五年甲寅二月初十日

寅時先生生于解顏縣上香里第

八年燕山君元年乙卯先生二歲

九年丙辰先生三歲骨格壯勁狀貌奇偉見者咸異之

十年丁巳先生四歲

十一年戊午先生五歲

十二年己未先生六歲受學于參判公

十三年庚申先生七歲才思穎發不煩教督而勤

讀不懈

十四年辛酉　先生八歲

十五年壬戌　先生九歲

十六年癸亥　先生十歲

十七年甲子　先生十一歲

十八年乙丑　先生十二歲

武宗正德元年丙寅　先生十三歲　王中宗元年　大

二年丁卯　先生十四歲

三年戊辰　先生十五歲

四年己巳　先生十六歲　聘夫人宋氏　系金海直長宋軾之女持平

213

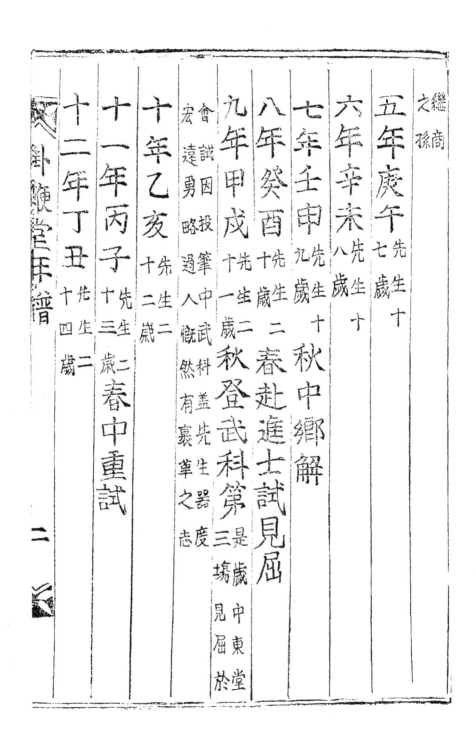

繼之孫商

五年庚午　先生十七歲

六年辛未　先生十八歲

七年壬申　先生十九歲

　秋中鄉解　　二十歲

八年癸酉　先生二十一歲　二　春赴進士試見屈

九年甲戌　先生二十二歲　　秋登武科第　是歲中東堂見屈於

會試因投筆中武科蓋先生器度宏遠勇略過人慨然有裹革之志

十年乙亥　先生二十二歲　二

十一年丙子　先生二十三歲　二　春中重試

十二年丁丑　先生二十四歲　二

十三年戊寅〈先生二十五歲〉 丁貞夫人崔氏憂〈與先生男〉

別坐公篤孝養備至　及服喪哀毀踰禮

十四年己卯〈先生二十六歲〉

十五年庚辰〈先生二十七歲〉　除訓鍊奉事又　除

十六年辛巳〈先生二十八歲〉　除訓鍊奉事又

軍器奉事尋陞直長

世宗嘉靖元年壬午〈先生二十九歲〉　除訓鍊參軍陞

訓鍊主簿又拜司憲府監察

二年癸未〈先生三十歲〉

三年甲申〈先生三十一歲〉　除河東縣監

215

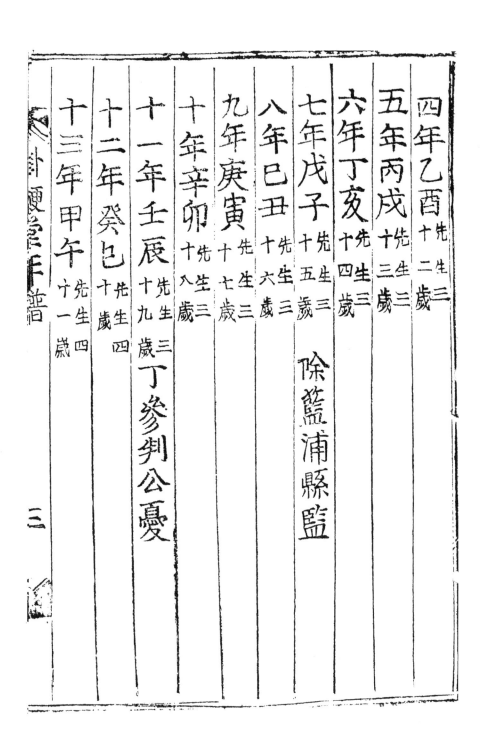

四年乙酉先生十二歲三

五年丙戌先生十三歲三

六年丁亥先生十四歲三

七年戊子先生十五歲三 除藍浦縣監

八年己丑先生十六歲三

九年庚寅先生十七歲三

十年辛卯先生十八歲三

十一年壬辰先生十九歲三 丁參判公憂

十二年癸巳先生二十歲四

十三年甲午先生二十一歲四

十四年乙未十二 先生四 除丹城縣監

十五年丙申 先生四十三歲

十六年丁酉 先生四十四歲

十七年戊戌 先生四十五歲 春 除安東判官未幾

棄歸 先生為政如神明律己以清儉與府使
柳趖有不合意之事棄官歸第柳公亦

因棄歸而逢人必稱公清
白賢能必無忤已之言

十八年己亥 先生四十六歲

十九年庚子 先生四十七歲

二十年辛丑 先生四十八歲 除義州判官

二十一年壬寅 先生四十九歲

三

217

二十三年甲辰　先生五十一歲　除端川郡守　居任未久

遺愛民患

二十四年（仁宗大王元年）乙巳　先生五十二歲　除定平

府使

二十五年（明宗大王元年）丙午　先生五十三歲

二十六年丁未　先生五十四歲

二十七年戊申　先生五十五歲　陞通政　在任四年廉謹恤民治普　聞境内監司啓特加通政

二十八年己酉　先生五十六歲　拜慶源府使

二十九年庚戌　先生五十七歲

三十年辛亥　先生五十八歲　陞嘉善因　除會寧府使上以居官清簡特　賜表裏以䄃時貪鄙汙在政曹揀選朝臣廉謹者在內考賜宴于闕庭賜一等樂各賜丹俗偷靡成風上特命外者各賜表裏一襲椒選入幾四十三人木胡椒有著至省復賜白蠟燭各一雙在

三十一年壬子　先生五十九歲　拜咸鏡南道兵使

三十二年癸丑　先生六十歲　拜咸鏡北道兵使

三十三年甲寅　先生六十一歲　移拜咸鏡北道兵使北兵使時尼蕩介起兵東渡先生作檄文送

關北素以女眞舊土歲被侵掠特拜先生于蕩介見檄請于朝給米及牛酒賊乃還無糧先生啓請于朝給米及牛酒賊乃還

夫人宋氏卒 先是夫人入來京師當其北行也

遭夫人喪題挽叙曰白馬行遠

斯餽此去丹旐遙向嶺南歸塞雲萬里多風

雲誰作征入身上衣其志存國事不顧私情

此如

三十四年乙卯 先生六十二歲 召拜兵曹參判 逃還

之日教書上使宣傳官點閱行臺只有一弊衾 褒之日爾之清白可與日月爭光以

甚嘉慎之特國事自任予 清惧自持國事 賜衣服

三十五年丙辰 先生六十三歲 拜平安道兵使

三十六年丁巳 先生六十四歲

三十七年戊午 先生六十五歲 遠歸入京九月拜濟

州牧使 在海中從前發任著率多貪暴民不堪苦先生痛除煩苛一任廉潔民

俗六化及瓜歸也乔李籲然手裏一鞭尚媒
州物留掛官壁而歸民感其遺惠每月朔糸
拜於掛鞭之下因名其堂
日掛鞭人以為公號丐

四十年辛酉　先生六十八歲　召拜都捴府副捴管

三十九年庚申　先生六十七歲

三十八年已未　先生六十六歲

冬辭疾歸鄉

四十一年壬戌　先生六十九歲　春　除青松府使　秋

移拜慶尚右道兵使

四十二年癸亥　先生七十歲　二月十五日考終于

營中　自去年冬疾作彌留臨終無一言　及家事但以手書國字于陈衾　享年

七十訃 聞特 命賜賻遣官侑祭是年五

月初一日葬于解顏縣北內洞遁谷兌坐之

原

肅宗大王三十七年辛巳因士論營建祠宇于

遁谷

英宗大王元年乙巳三月日建淸白祠于栢溪

純祖大王二十一年辛巳二月日移建于心溪

224

掛鞭堂實紀目錄

掛鞭堂實紀目錄終

逸稿

病中有感

白馬閑嘶繫柳條　將軍無事劒藏鞘　國恩未
報身先老　夢踏關山雲欲消

挽柳節度

翩摧霜鶻墮秋天　一夢功名五十年　戀德驊騮
嘶月下　失恩鸚鵡泣風前　青油幕閉鳴寒雨　綠
野堂空鎖暮烟　怊悵帳頭懸寶劒　笛聲寥亮柳
營邊

挽夫人宋氏

白馬遠嘶關北去丹旌遙向嶺南歸塞雲萬里
多風雪誰作征人身上衣

附錄

廉謹被選　賜宴錄

明宗大王六年辛亥時貪鄙汙俗偷靡成風
上特命政曹揀選朝臣廉謹者　賜宴于闕
庭賜一等樂各賜丹木胡椒有差至昏復
賜白蠟燭各一雙○廉謹被抄人戶曹判書
安鉉右參贊朴守良平安監司洪暹刑曹判
書趙士秀大司成李蓂禮曹參議李夢弼左
承旨洪雲右承旨成世章大司諫尹春年判

校尹鉉左通禮尹釜掌令柳渾濟用監正禹

世龍司僕正朴承後司僕副正任輔臣弘文

校理鄭宗榮副校理朴民獻工曹正郎李增

榮內贍直長金夢佐等十九人叅宴大司憲

李泼慶同知中樞任虎臣同知中樞周世鵬

同副承旨金鎧前司成李混典翰宋贊部將

許世麟軍器別正安潛司勇金彭齡司宰監

正姜允權等十八人病未叅外任被選人會寧

府使李榮江界府使金洵羅州牧使昊祥尚

州牧使申潛密陽府使金雨溫陽郡守李重

慶醴泉郡守安從墺江陵府使金擴新溪縣

令兪彥謙金溝縣令卞勳男韓山郡守金若

黙知禮縣監盧積漆原縣監辛士衡前郡守

金就文等十四人各　賜表裏一襲襲出貟暄堂吳判

書祥年
譜中

達句誌

李榮英一本　永川人器度宏遠勇略過人遂事

弓馬正德甲戌登武科官至兵曹參判辛亥

拜會寧府使以清簡　賜表裏甲寅拜北兵

使仁威並行胡人信服　教書襃諭曰莆以

232

清白自持以國事自任予甚嘉之特　賜衣
服

行錄略

公諱榮字顯父永川人曾祖諱啓陽　贈左
承旨祖諱潤根折衝將軍　贈兵曹參判考
諱順孫　贈吏曹參判妣　贈貞夫人月城
崔氏參軍瀚之女知郡事孟淵之孫以弘治
甲寅二月初十日生公于解顏里第生而岐
嶷年甫八學才思穎悟不煩教督既長文思
雲涌累中鄉解大有名稱粵在

中宗朝中東堂三場見屈於會試公自少器度
宏遠勇略絕人因慨然授筆有裂草之志甲
戌秋登武科兩子又中重試歷訓鍊奉事軍
器奉事尋陞直長壬午拜訓鍊參軍陞主簿
又拜司憲府監察甲申　除河東縣監所在爲政
除藍浦縣監乙未　　　除丹城縣監戊子
如神明律已以清儉吏畏民懷戊戌　　除安
東判官與府使言事有不合意遂棄官歸第
府使亦因棄歸而逢人必稱公清白賢能少
無忤已之言苟非公至公無私者能如是耶

辛丑　除義州判官甲辰　除端川郡守乙

巳　除定平府使累載莅民不犯秋毫聲績

大著方伯褒啓特　加通政巳酉拜慶源府

使辛亥陞嘉善　除會寧府使治聲上聞

時貪汙歲風舉世靡然　上特命政曹揀選

朝臣廉謹者四十三人公其一也其在內任

者　賜宴闕庭各　賜香椒有差在外任者

各　賜表裏一襲蓋優恩異數也癸丑拜

咸鏡南道兵使甲寅移拜北兵使先是夫人

來會京師適當北行之際遽遭夫人之喪公

送旅櫬逶嶺南因即赴任親曰白馬遠嶄關
北去丹旌迤向嶺南歸塞雲萬里多風雲誰
作征人身上衣其志存國事不顧私情終此
惟彼北邊六鎮素是女真舊土遼金以來歲
被彼人之侵蹂麗朝名臣尹瓘鄭雲俱是將
相之材掌兵數萬驅出塞外凱歌纔旋旋復
侵寇雖以兩將之神機雄略連歲戰伐未得
寧息至于我　朝兵未解甲將不舍鞍以數
千里之地幾作荊棘之原矣至是　朝廷特
以公拜北兵使人皆危之而公少無憂色單

236

車赴任一如虞公之到郡撫士卒以威德懷

遠人以恩信遼左梗化之類莫不屈膝敬服

政通功成邊安遠甫刀斗寢聲城門不閉烽

火久熄邊塞晏然公之勳業方之古人鮮有

其儔其時軍官朴必種公之女壻也素有穿

楊之妙技一日出獵終日不獲一禽而歸公

卽使治任送歸營中莫知其故必種亦不知

之到中途聞其母訃其喪果出於射禽不中

之日也然後一營皆服公先知也乙卯朝

廷特命以兵曹參判　召還使宣傳官點閱

行裝於中路只有一獘裘而已　上嗟歎下

教曰甫之清白可與日月爭光以清慎自持

以國事自任予甚嘉之特　賜衣服以褒之

其召還之日止塞男女老少來擁車轅如

失其父母北戎亦相謂曰李節度其身雖去

其德尚存豈可以去留而忘其恩乎念相戒

飭欲跡不犯兹豈非清白威德之感人深而

黙歎兩辰拜平安兵使戊午遞歸八京九月

拜濟州牧使州在西南海中水路千里王化

不露曾在是官者率多貪暴民不堪苦屢叛

238

憂服為國家一劇地矣自公下車之後掃除

煩苛務伸威德廉公為政平易近民令行禁

止一島大化及瓜歸行李蕭然手裹一鞭尚

嬨洲物留掛於官舍之廳壁民感其遺惠每

月朔必衆拜於掛鞭之下而紗以籠之年久

鞭朽則盡之畫而漫滅則又畫之愈久愈新

因名其堂曰掛鞭歲辛亥家君作宰是州余

年廿餘陪往任所時時瞻拜於畫鞭之下清

風遺韻怳然若當日事左不勝蓁墻之感也

辛酉八為都捻府副捻管冬辭疾歸鄉壬戌

拜青松府使移拜慶尚右道兵使冬十一月
有疾沉綿月餘無一言及家事常以手書國
字於枕衾真爲國之忠至死不衰於此可見
矣癸亥二月十五日卒于營中享年七十訃
聞　上嗟惜不已特　賜賻物遣官侑祭是
年五月初一日葬于解顏縣北遁谷兌坐之
原公配金海宋氏直長軾女有三男三女男
杜文佐郎杜章杜綱女長適蔡泓參奉次鄭
渭朴必種杜文無嗣女適金宇容監察鄭波
諧郭㐰謙護軍護軍男渭生員因奉公祀杜

章無嗣參奉三男應龜宣敎卽應麒習讀應

麟生員嗚乎清白之吏古或有之而執有如

先生之貞忠清德浹入肌髓之至是哉是以

聲名播越至有　中朝策士之題蓋其冰玉

之操廉貪之風無遠不曁矣猶歉歉我先生

之實蹟昭載於輿地勝覽及　國朝名臣錄

則可較然覩矣而家傳乘殊盡失於兵燹文

獻無徵可勝歎我可勝恨我惟有逸詩數篇

播傳世人之口此可爲全鳳之一羽矣先生

之歿于今數百載而誦公之忠稱公之清雖

厮養走卒莫不樂聞而喜傳之然旋恐世代

寢遠遂失其眞玆敢不揆孤陋謹以所聞於

先父兄及世人之公傳者編爲是錄以竢後

之立言君子採擇云甫崇禎紀元後乙亥十

二月日從六世孫永喜謹書

墓誌　　　　　　　　姓名逸

公姓李氏諱榮字顯父永川人也考諱順孫

贈嘉善大夫吏曹參判妣月城崔氏　贈

貞夫人祖諱潤根折衝將軍曾祖諱啓陽弘

治甲寅二月初十日公生生而奇偉及冠器

度宏遠勇略過人遂事弓馬頗有錯鄂之志

正德九年甲戌秋登第丙子又中重試辛巳

自訓鍊奉事為軍器奉事閱月陞為直長嘉

靖元年為訓鍊叅軍由叅軍為訓鍊主簿拜

司憲府監察甲申　除河東縣監戊子　除

藍浦縣監乙未　除丹城縣監所過居任未

久而民惠遺愛戊戌　除安東判官公性本

廉直頗為同僚所忌憚因論事不合棄官歸

第辛丑　除義州判官甲辰　除端川郡守

乙巳　除定平府使在任四年廉謹恤民治

著境內監司啓　聞特加通政已酉移拜慶

源府使辛亥陞嘉善拜會寧府使　上以居

官淸簡特　賜表裏以旌癸丑拜咸鏡南道

兵使甲寅拜咸鏡北兵使仁威並行胡人信

服乙卯八爲兵曹參判　敎書下褒曰甫之

淸白可與日月爭光以淸愼自持以國事自

仕予甚嘉之特　賜衣服丙辰拜平安道兵

使戊午遞歸入京九月拜濟州牧使治績大

著辛酉八烏都摠府副摠管冬辭疾歸鄕壬

戌拜靑松府使秋又拜慶尚右道兵使冬十

一月疾作彌留無一言及家事但以手每書

國字於枕衾癸亥二月十五日卒于營中享

年七十訃　聞特　命賜賻遣官侑祭是年

五月初一日葬于解顏縣北內洞里西南麓

曾祖墓後兌坐震向之原公娶直長宋軾之

女有二男杜文佐郞杜章有三女長適蔡泓

參奉次適鄭湄朴必種庶子杜綱以文詞鳴

於世

墓碣銘 并序

我　國家　中明之際賢才彙多彙征布位時

則有若忠亮清白才兼文武者兵曹參判掛
鞭堂先生李公是也公諱榮字顯父生以弘
治甲寅卒于嘉靖癸亥享年七十葬于大邱
府址內洞先壠後允坐之原與夫人同塋合
墓舊有碣云而成毀俱不知在何代可勝歎
封噫天道難諶公有子而無孫家世滄桑矣
戎可勝恨戎近歲公之傍孫及外孫諸家協
議合契收拾斷爛遺蹟方列布實紀且圖貫
餙墓道之儀屬星源以銘文以星源之忝在
外裔之列也義不敢以鄙拙辭嗚乎今去公

之世四百年之久矣其魁勳清名洋溢當世

傳誦於鄉鄰里巷之口碑而但家國俱經亂離

文獻杞宋後來之附錄諸家文字互相差謬

亦不能無疑謹按當時所撰墓誌與達句誌

又採摭古蹟之可徵信者略叙鄉貫生平及

居官履歷之表著者公之先出自永川高麗

大將軍封永陽君諱大榮爲上祖也曾祖諱

啓陽祖諱潤根折衝將軍考諱順孫　贈嘉

善大夫吏曹參判妣月城崔氏　贈貞夫人

以公貴也公自少舉落有四方之志餘吕玄

遠勇略兼八甲戌登武科丙子又中重試戊
寅丁內艱辛巳壬午歷訓鍊奉事軍器奉事
直長訓鍊僉軍訓鍊主簿司憲府監察甲申
出爲河東縣監戊子 除藍浦縣監壬辰丁
憂判公憂服闋後自乙未至乙巳歷宰丹城
安東義州端川定平以善治倂通政嘉善
除慶源會寧兩府使癸丑甲寅拜咸鏡南北
兵使乙卯拜兵曹僉判丙辰復出爲平安兵
使戊午 除濟州牧使辛酉八爲都捴府副
捴管冬辭疾歸鄉壬戌春 除靑松府使秋

248

移拜慶尚右兵使翌年春卒于營中公以廉

公清慎之姿濟之以字惠威信之德凡十典

州郡四伏闔鍼皆有治績人稱幹能之才民

懷清簡之惠褒啟上達屢蒙嘉賞之　恩數

是時貪風大行居官者之賊汙日盛　朝廷

特選朝臣之廉謹者四十三人　賜宴闕庭

各　賜丹木香椒及表裏一襲公其一也其

被選者多一時之賢能人皆艷之關北素以

女眞舊域歲被邊侵時尼蕩介作亂起兵東

渡　朝廷卽命公移鎮北營公至則撫鎮士

率焉檄陳利害禍福送于蕩介蕩介見而退
兵邊塞遂無事此非公之威信素所服襲者
安能如是哉　下教獎諭曰汝以國事自任
清慎自持予甚嘉之特　賜衣服白濟瓜還
也扁舟曉颺手裏一鞭猶嬨州物喜掛廳壁
而歸民思其清德名其堂曰掛鞭因以為公
號公沒後一百三十九年　肅廟辛巳因士
論立祠曰清白俎豆而寓慕焉公娶金海宋
氏直長軾女有三男杜文佐即杜章杜綱三
女適參奉蔡泓鄭湄朴必種杜文無嗣三女

塔監察金宇容鄭汝諧護軍郭再謙杜章無

嗣參奉三男應龜宣敎郎應麒習讀應麟生

員護軍一男涌生員其後孫至今護仝壠修

俗祀銘曰

窯公介貞文武才通却胡鎭邊一檄奏功掛

鞭渡海蒲艇淸風　王曰嘉乃恩渥優隆白

楊古原麗牲未遑爰刻顯詩永世流芳

外裔孫仁川蔡星源謹撰

書掛鞭堂李公遺蹟後　通判李稱

淸白吏參判李公諱榮字顯父本府人也以

武舉進於　朝清白忠貞炳耀於百載之下

則公之才之德固不讓於文武為憲者也昔

在嘉靖年間

明廟降日月爭光之褒　天朝有試士問策之

題聲播國中名聞天下何其偉也況其秉東

銓而人服藻鑑牧南島而民拜盡鞭又是枕

余國字无可見始終愛君憂國之忠也公之

傍孫碩蕃南宦遊京國嘗為余誦公之清德

余艷聽而有執鞭之顧者雅矣近閱　國朝

名臣錄又考本邑誌其所記實與所聞者契

吁其可敬也夫遂書以歸之

書叅判李先生行蹟後　　　襄遠明

余嘗讀孟子書至聞伯夷之風者貪夫廉未

嘗不三復而加歎也夫清白之於為政勵俗

之道豈少補也哉余觀夫叔世慾浪滔天廉

風掃地此無他世蓋乏古人之清風而無以

使貪夫廉也不佞之外先祖叅判李先生之

清白卽吾東方千百載所罕覯則以後生之

拙筆陋見不可殫記其實蹟而槩以其已著

於世者言之則瀛洲之掛鞭堂尚甫留傳於

不朽　聖主褒善之教　大朝試策之題恍
然若昨日事而謄播於華東累百載之下則
於此可想其清白之出尋常萬萬而惜乎累
經兵燹文獻無徵不能使末俗之人較然觀
其蹟而廉其貪矣公之衛孫永喜氏嘗掇輯
其所得於先父兄口誦者以叙其萬一而猶
未信是善之爲信筆也頓於乙丑之春二月
二十日改莎墳墓得誌石於壙南咫尺之地
其所記事與永喜氏所撰述者相符然後始
信永喜氏之博聞而又能善述也在

甫廟朝辛巳前縣令孫湍前府使徐繹進士趙

鍔進士都甬諧諸文聯名發文前判決事李

友謙首倡建祠于遁谷以爲妥靈之所至于

今公論不泯士林之欣聳裔孫之感頌當謂

何如先生之日月爭光之清死生憂國之忠

可以不泯於千百世而亦使後之人廉貪而

立懦矣豈不猗休哉

掛鞭堂實紀卷二

附錄

通文

褒善揚美古今之通誼建祠汪香尊崇之常

典苟有重名而竟至湮沒則豈非有識者之

慨然耶惟我李參判先生迺一國之名宰而

吾鄉之前修也清白之德與日月而爭光忠

貞之節亘宇宙而不泯則褒善建祠之舉烏

可已乎噫世代雖遠事業如昨南州掛鞭有

堂巋然此關守鑰一衰蒙戎豈但氷玉之操

可見屏翰之忠而況清白之名已見於中
朝試策之題匪躬之誠尤著於炊臼悼凶之
詩而威信攸及妖賊潮退宣傳搜括行李蕭
然寔吾東百世之師空原廟千載之享而公
議尒寂尸祝亦闕此豈非吾鄉之一大欠事
耶伏願僉君子速圖幹事之人以爲董役之
地幸甚乙未五月日崔東巢崔東峻等

又

惟我鮮顏一區古稱大邱之冀北何也鴻儒
碩德才兼文武者連代繼出不爲不多而若

位高名顯事載國乘者清白吏李先生最也
先生慨然拔身弈棘翰以清介潔行當
中廟朝佩竹十郡按節四閫清白著聞名達
天朝香播後世且隱德邱園老而好學做烏
巳之學者惟松潭蔡先生槐軒郭先生也兩
先生俱是追陶私淑諸人而有德無命雖不
章顯于世而有補於風化者多矣迨今百載
之下子孫之揭虔之力士林有未遑之歎矣
不佞生長茲土左不不勝景仰之懷兹敢發文
伏願僉尊勿以人廢言同心出力亟立三賢

祠以勉後學豈不幸甚已卯三月日進士趙

鶚

又

吾鄉有才全文武行至清白使人興起於百
代之下者故祭判掛鞭堂李先生其人也先
生以武舉進再伏北鉞一秉東銓氷蘗之聲
遠聞於華夏忠勤之節昭載於　國乘則古人
所謂可祭於社者豈不在斯人歟竊聞寒岡
鄭先生嘗有不可泯滅之教而縟儀未舉尸
祝尚寂此非吾鄉之所羞耶伏願僉尊特定

幹事之人以爲尊奉之地千萬幸甚辛巳八
月日前縣令孫端前府使徐稱進士趙嵒進
士都甭諧等

又

伏以尊賢尚德秉彝之所同也立祠注香古
今之通義也古語曰鄉先生歿而可祭於社
祭社美典士林所重惟我故參判掛鞭堂先
生李公功藎史乘名滿一國而清白貞操遠
播中華遺風餘韻感動後人百世之下特爲
師表其景慕之怳想無異同於遠邇矣惟此

解顔一區自是先生桑梓之墟則爲今日後

生者觀感之濱羹墻之慕尤當何如然而

縟儀之舉尚今闕然吾林之所齎恨而未遑

者行路之所指點而與嗟者也生等兹發祭

社之論將營立祠之舉此豈獨兹鄉之羡事

實爲斯文之盛儀伏願僉君子齊聲出力以

敦大事千萬幸甚辛巳九月日趙總李敬祖

等

又

人臣之有功於國家而必有褒崇之典舉世

之盡八於沙泥而最著清白之名有是刃有
是名而湮滅不彰則豈非今世之所慨而本
鄉之所羞耶惟我參判李先生以言其心則
永清而玉白以言其才則干城而爪牙十載
關防邊人不近名達　中朝有光當世而
聖明之眷顧倚重無異古昔之名臣則至今
無傳於世世人所慨惜若於封塋之下就達
芬苾之所則百世之後公議不泯千載之下
清白流傳吾鄉之大幸頹俗之所激就有加
於此裁伏願僉尊同聲相應無有歧議以副

斗柄堂□□□記卷之三

輿望千萬幸甚丁亥六月日朴世經等

又

惟我參判先生李公貞忠大節清德令譽旣

蒙

明廟褒崇之典已著國乘及勝覽遺風百世激

勵者滾焉此實吾鄕鄕先生也記曰鄕先生

歿而可祭於社歿則自先父老立享之議其

來已久而初緣勢力之不逮且當令甲之有

嚴建祠辦香作撤無常士林慨然當何如哉

今於研經齊會之日士論齊起咸以百源膠

亭之意交發而爭此所謂不謀而同者也噫

求忠臣必於孝子之門忠孝一致者此也生

并一鄉曠感百世則同廟並享德不孤矣若

使此議既就則豈不猗歟休哉惟

顧僉尊亟加採施以副輿論幸甚壬申三月

日研經書院儒生都瀘徐翊世楊大觀李仁

濟崔祉錫徐瑛徐孟麟孫彥成鄭碩福孫彥

章徐道元全汝權徐昌慶蔡時默禹命休等

又

吾鄉故參判李先生之清白昭戴於國乘及

勝覽雖百代之後可使貪夫廉懦夫立則尚

此泯滅而無傳者豈非吾鄉之大可慨然者

耶揭虔之議曾有先父老所發而苟緣物力

之未辦尚闕崇奉之儀在昔先父老倡發表

院偁廟之議至於開基始事之境事有牽掣

有始無終至今所歎惜者也而追循舊議成

就嚴美者亦有得於後生繼述之道故茲於

院會之席發文奉告校堂竺須僉君子特推

好善之誠大張公共之議丞過鄉中趂今始

事之㐡幸甚辛丑五月日鄭弘弼襄遠晟襄

遠休具萬籠徐瑋蔡時沉蔡時濟郭元澤孫

百亨徐文復崔觀錫徐陽復郭有澤全邦翰

具昌漢徐瑨柳養善等

本院通文

惟我掛鞭堂李先生白日爭光之節清風灑

雲之操膾炙傳誦於百世之下而顧玆清白

祠宇處在山谷偏側之地挹近雨水之餘材

尾之滲漏柱礎之朽傷類非一木所支而傾

覆之憂迫在朝夕此豈非吾鄉之大可慨惜

處耶頃於齋會之席公議齊發將營移建之

計塋須僉尊丞定幹事之員以為竣役之地

幸甚庚辰十月日徐惟與李亨慶徐橄具櫛

崔文鎮蔡廷直李時碩禹聲鎮等

鄉校通文

伏以淸白吏僉判李公立亭之議已發於百

餘年之前而始得揭虔於前年可見盛儀之

有數而士林之慶幸何如我第其立祠之地

處在窺峽山高谷邃基址偪側夏秋風雨恐

或有不虞之患竊惟解顏自是先生杖屨之

所也遺芬餘馥尚被草木於此洞壑更卜吉

地則庶可圖千百年永久之計矣伏願僉尊

速定日子以爲及期移建之地千萬幸甚丁

未二月日襄遠晟蔡鎭宅全必方孫彦煥徐

道洙崔與仁柳寅垕蔡時淵楊濬蔡師學全

邦翰蔡時琥郭元澤具禎漢全邦赫蔡師覲

郭利澤楊櫟徐瑣徐昌五柳養善裵光裵蔡

元恊鄭元宅呂象鼎蔡弘澤李東韓孫養祿

金應濂白孝源等

　　呈道伯狀

伏以故參判　清白吏李先生榮乃我　朝名

臣而本府人也其勳功清德已載國乘及輿

地勝覽今不可盡述姑撮其大槩而仰塵于

閣下之庭伏願閣下細垂察焉蓋先生當

中明兩朝十典州邑四按閫節其居官愛民之

惠為國扞禦之忠不一而足先是止胡連年

侵掠勢強難制　朝廷特命公為北兵使公

撫士卒懷遠人威信幷行邊塞無事

明廟下敎褒賞曰甬以淸愼自持國事自任予

甚嘉之特　賜表裏曾莅濟州瓜歸時行橐

柺朕惟有一鞭猶嬾州物畱掛東閣州八表

其廉潔揭其堂號曰掛鞭至於清白之名遠

聞中華至今遺芬剩馥艷人耳目是以鄉道

先輩大張公議已定立祠揭虔之計而物力

殘薄尚闕享祀之儀士林欠歎匪今斯今乃

於年前遠近士論齊發共奮不謀而同方構

廟宇以寓欽慕之誠而惟是俎豆之享寔莫

大之重事茲敢齊聲仰籲伏願閣下察此狀

辭具由上達以旌忠績以答輿望幸甚生等

不勝屏營之至謹冐昧以陳壬午二月日進

士趙鬧等

呈禮曹狀

伏以本鄉清白祠即故參判清白吏掛鞭堂
李公諱榮妥靈之所也公迺我　朝名臣而
其清名偉蹟昭著於　國朝名臣錄及輿地
勝覽至今炳朗照人耳目伏顧閤下垂察焉
公生而奇偉才全文武歷典州郡再伏北鋮
當

明廟朝北虜鷗張熱力莫制遏　朝廷特命爲北
兵使廉公爲政恩威並行胡入不敢近後以
兵曹參判　召還而自　上素聞其清白之

名使宣傳官點閱行裝於中路只有一幣衾
而已　上嗟歎而下教曰甫之清白可與曰
月爭光以清慎自持國事自任予甚嘉之特
賜衣服以表忠績曾徙濟州瓜歸行裝惟
有一鞭猶以州物爲嫌留掛東閣州人表其
廉潔揭其堂號曰掛鞭及其臨歿之日每以
手書國字於枕衾其爲國之忱至死不衰无
可見矣若夫清白聲名遠聞　上國至有策
試之題此可謂華東數百載簡冊上所罕覯
者也寒岡鄭先生曾發祭社之議判決事李

公友謙鈞設建宇近于今數百年而春秋享

官封牲幣近因停輟者實爲斯文之欠典士

林之抑欝茲敢跋涉千里齊聲仰籲伏願閤

下仰體 朝家襃嘉之教俯念儒林尊奉之

義春秋祭需官供之意行會該官以光斯文

事丙子五月日儒生幼學徐有敏李東幹具

昇漢蔡必勛進士徐檍徐橅都錫珪幼學禹

行鎭郭枉寅孫鸛振崔淵等

題曰掛鞭堂之清白偉蹟昭載於國乘及輿

覽年久鄉祠官供緣何停輟多士之呈文營

享者官供等節依前舉行安當向事

清白祠上樑文 栢溪

流百世之芳譽後人之興感無窮闢一區之

靈宮舊鄉之揭虔有所始舉久遠之欠典事

觀曠絕之盛儀洪惟故參判掛鞭堂李先生

海東世家嶠南名閥天姿旣美襟期凝氷玉

之清地望甚高氣槩凌霜雪之厲宗殼抱長

風破浪之志妙齡馳芬班生有萬里封侯之

形弱冠授筆可謂才全文武且省姿秉剛柔

洞礼穿楊宋曹彬之餘事敦詩說禮晉卻毅

之素能青油綠野之吟膽炙一世白馬丹旌

之句悲切千秋至若立朝之勳名凣見持身

之嚴正北關伏鐵邊人服李牧之威望南州

掛鞭島民歎孔戣之廉潔簏裏褧襖不嘗放

龜文高風璧上紗籠寧論留犢之清節是以

廉聲之自著馴致令聞之大彰白日爭光之

襃　聖義昭揭清風灑雪之喻公議不誣懍

夫立而頑夫廉率多革心之輩聞者慕而見

者服自無炎手之入居歇往蹟之已陳以致

餘響之漸遠照人之遺馥未泯允合施法之

科慕德之羣情不衰久有妥靈之議舉贏時

詗每切遷就之歎地叶辰良聿得經始之會

念茲梅花亭遺址乃是八公山奧區疊嶂層

巘拱抱於後前林竣而谷邃清流激湍映帶

於左右泉甘而土肥窞邇松楸疑有英靈之

陟降迫近桑梓必經先躅之徜徉固知茲土

之合宜況有主人之顧捨就舊墟而載拓何

待龜食之由啓新廟而乃營仍成鳥革之制

庶民聞風而趨役實由遺德之感人多士釋

經而董工可見衆心之慕義誰知荊榛之地
儻作俎豆之場入其中而儀範森嚴煥照堂
室之如政寀乎外而規模整飭恍甬山川之
改觀登降裸薦之無愆肅肅其、禮廉阿階級
之有位秩秩斯于百年之盛典巍修一代之
羣聽皆聳緣儀末舉於屢歲幾致多士之齋
嗟廟宇遠新於一朝應有行路之起敬酌行
潦而是享想象皎皎之遺芬瞻棟宇而長懷
欽仰磊磊之餘烈聊陳偉唱爰舉脩梁兒郎
偉拋梁東龍峰秀色八檻櫳羣蠹有意來相

拱護得山中一畝宮兒郎偉拋梁西至王

山翠戴低壽藏八堊知不遠白楊蕭瑟草妻

凄兒郎偉拋梁南葛嶺蒼松白雪函宛對當

年清節操聞風百世可廉貪兒郎偉拋梁北

騰騰公岳青蒼色溪流瀉出淨無塵可濯吾

纓清浪側兒郎偉拋梁上月到風來無盡藏

欲識一般意味清靈臺欲浪須堤防兒郎偉

拋梁下山圍溪水水圍野樂山樂水趣無窮

借問誰為仁智者伏願上梁之後神呵兒禁

天扶地護祀事不替先生之風山高水長廟

宇永存後學之慕海濱河廣砥名礪行攀遺
風而翹心激濁揚清挽汙俗而律已非但增
光於吾黨抑亦有裨於明時
上之五年己酉十二月壬午外裔廣陵李世珩
謹撰

奉安文

翊贊崔興遠

山嶽鍾靈氷清玉白爭光日月內外歷職死
生憂國一心忠赤昭載國乘坤觀方冊貪廉
懦立　恩褒累降　天朝問策派芳百億東
國風雅哀詞數闋播人耳目手裏一鞭掛後

遠璧島民追泣遺風在後尚繾綣莫不嗟

惜士林斷斷幾回年甲景慕愈切爰謀建祠

規讓正合栢溪洋溢經始匪今措置在昔先

輩用力神位旣成廟宇有翼百年今夕靈若

儼臨覬其彷彿感慕窀篤

常享祝文　　　　　　　縣令孫濡

忠逼赤悃清並白日一心廉貞百世懿則茲

值仲春　秋　涓吉下丁謹以牲幣昭格明靈

清白祠上樑文　心溪移建時

院基偪側夂歎風雨之不除廟宇重新始知

泉石之有待相地而築不日而成伏惟清白
吏掛鞭堂先生達北名家嶠南華閥文章風
就擅名解額三場器弓晚成有志褁革萬里
援弓投筆豈直爲武夫傑分蘊玉懷氷眞可
襦君子人也歌謠興於民俗十郡佩符威信
著於戎關四圍伏鉞掛鞭南廨入慕桐鄉之
生祠秉軸東銓世稱氷鏡之清藻趣治朴必
種歸橐於射禽之日咸服先見之最明能却
尼蕩介兇鋒於盈尺之書益驗大義之愈著
箕國之風雅膽炙白馬丹旐柳營之挽詩擀

傳青油綠野
明廟屢降褒賞之教事昭載於國乘　天朝亦
有問策之題名遠聞於華夏建祠於數百年
前甲寒岡鄭先生刱祭祀之論注香於二八
月下丁德水張明府復獻幣之典念茲清白
祠基址久在山谷之湫隘每患泐石之橫流
廟貌巋存縱仰百世之尊尚地形傾仄固非
一木之可支先父兄之嗟惜多年未遑重建
之議後裔孫之經紀浸策每有遷就之歎肆
以收議士林僉詢長老龜筮協而卜地於心

溪之上山高水長工匠舉而運材於公獄之
中榱新柱舊遠近諸君子聞風助力可想遺
德之感人左右凡民庶釋耒蓋功尤見眾心
之慕義誰知樵牧之社遽作俎豆之場堂室
森嚴非復沙礫之所被衣巾整肅乃覺芬苾
之有期山川改觀廟貌新革千載之基址始
奠勿替享於春秋一世之觀聽俱新共起敬
於籩豆聊陳短唱助舉脩梁兒郎偉拋梁東
疊嶂層巒聳半空壯蹟流傳桐薮裏令八千
載慕申公兒郎偉拋梁西道德三峰天與齊

遁谷壽藏知不遠衣冠古麓白楊妻兒郎偉

抛樑南崟嶺巍然淑氣含桑梓舊居人必敬

遺風百世可廉貪兒郎偉抛樑北公岳嵌崟

兒郎偉抛樑上中天白日光輝放先生清節

兩黛黑忠壯英魂猶往徠氣爲山脉鎮南國

後人傳　聖教昭然於不忘兒郎偉抛樑下

心溪之水清而瀉一朝泉石我居然大冶斷

成渠屋厦伏頖上樑之後廟宇永存爲百世

之孫式祠事無替享八簋之物儀忠於國孝

於家裔孫遺厥清白紹以春誦以夏多士生

此思皇非止象德於後人抑亦裨治於曠世

崇禎紀元後辛巳孟春下浣裔後孫文煥謹

撰　　　　　　　　　　　　　崔淳

奉安文　心溪移建時

恭惟先生清聞　中朝名滿東國白日爭光

清風灑雪撝虔重新景慕架切

清白祠移建記

嶠南諸州古稱鄒魯之鄉而名賢碩德於斯

輩出達城其一也達之北距一舍有院卽掛

鞭堂李先生尸祝之所也先生清白之德忠

貞之節昭載於國乘遠播中華足以立懦於
百世而寒岡鄭先生所棲鄉先生可祭於社
者也祠之剏垂二百載而處於兩谷之簾風
雨所漂沙礫所帥莫能支吾其傍後孫李斯
文宗焕謀其弟上舍文焕曰先君子嘗以廟
宇之偪側為憂當及今改卜以述先志遂通
于士林因卜地於心溪之上柿去榛荒平刳
石齒而築之新廟於舊址不過數弓而栢溪
梅澗映帶左右龍門龜巖拱揖前後清泉白
石循瀨於階廡之下廟號之扁與之符契亦

可謂先生之風山高水長也是役也寫材於
公山運尾弘智谷使其族人萬旭幹之而役
後孫之誠力所感无可驗先生之蔭麻宾隤
丁樂赴工匠勤事閱一月而刃告訖訖斯莫非
者也上舍君來言其穢建之事甚詳因請余
記其顯末蓋先生之清名偉蹟彪炳焉照人
耳目則余不敢贅說而顧以晚學遠在京國
旣不得拜謁於先生之廟竊幸付數字於記
文之末以寓風昔景仰之懷云甫
上之二十一年辛巳日南至迩安李近源敬識

星廳完文

右文為成給事吾鄉名賢掛鞭堂李先生烏

國貞忠居官清白之美蹟昭載國乘照入

耳目者不可枚舉而厥惟中華試策之題

聖主日月之褒瀛洲掛鞭堂此其大略也先生

易簀之後寒岡鄭先生曰李公清白不可泯

滅丞圖建院其後判決事李公友謙主幹其

役施設院宇仍行俎豆之禮而裔孫孤駬物

力凋殘院宇雖設儀節未備近今數百載之

下莫不慨惜而興歎矣何幸近年以來鄉論

峻發方營衛護之道而秉彝所同舉切尊崇
之誠故自本廳齊發公議周思助護之道以
本面某某洞屬之本院以助享祀時凡節而
本洞烟戶之役自本廳永爲蠲減則其在爲
國家崇清白尚名賢之道儘爲義事而抑亦
爲種享時萬一之助耳壬申四月日公任徐
益臣星廳時任李大潤府司時任徐顯龜

清白祠諸賢題詠

五馬行裝太草草來時不許一鞭歸滄溟千
里眈羅國惟有清風拂客衣

公嶽千重立先生影子眞風聲南北鎭名蹟　　　　　獻納李麒峻

古今人十緞皆明政一鞭最精神焚香瞻再

拜令我整衣巾

數聞祠宇想風清瞻拜時時感意生當世共　　　　　徐有敏

傳廉吏號後孫難繼舊家聲典刑寂寂靑油

閑　思眷堂堂白日明我祖昆謨遺以厚春

秋爼豆愧微誠　　　　　　　　　　　　　　衛後孫文煥

掛鞭堂實紀卷三

此吾外先祖兵曹叅判掛鞭堂先生李公實紀
也公當 中明之際歷試州郡營鎮而屢蒙
襃賞之恩至登 聖朝所選廉吏之案後享士
林所建淸白之祠蓋其文武之才氷蘖之操與
可見矣而无可驗於眈羅之掛鞭蕩介之見檄
退兵也嗚乎惜哉公不幸有子而无孫吾先祖
生員公以公曾外孫仍奉公之祀矣其家世滄
桑又經兵燹當日文字舉八灰爐而只有詩三
頁尚流傳於四百載之下曠世緬仰一字一感

誠不忍其沫浸茲弁附錄爲實紀一冊方印布

而壽其傳其合貲共事者公李氏別坐公石孫

外裔蔡氏及吾家也噫顧茲寂寥一編烏足以

徵公之全也然善觀者卽此而推之猶可以知

公之才德也忠貞也勳業也清白也昔張翼德

云然則查礦零金刼火片玉豈可少而不寶之

有刁斗銘然後人知其善文今於公之遺詩亦

敢役告訖謹書此于編末壬申四月日外裔孫

苣山郭鍾徽謹識

我掛鞭堂先生居官清白之節却胡威信之德
已昭載於　國乘及野史無庸贅爲也至今四
百載之下聞其風者孰不欽慕而敬服也荻但
其遺文累經亂離愈久而愈失只有詩三百臠
炙於世人之口此可謂全鼎之一臠耶昔我八
代祖六恨公始論次而叙其行錄高王考進士
公又收拾入享時文字及事實合成一册而力
詘未遑藏在巾衍不能與世共之識者恨焉何
幸今春外裔諸家合謀活列役已告竣先生之
懿蹟將自此益著則事之顯晦亦有待時者歟

嗚乎今世愈亂而貪鄙日行惟我同志之讀是
篇也必將愓然而自反則是篇之成庶幾有補
於風化也否因書其所感于中者以爲識壬申
四月下澣傍後孫相斗謹識